오늘도 밑줄을 긋습니다

지친 마음을 다독이는
인생의 문장들

오늘도

밑줄을 긋습니다

신혜원 지음

강한별

이 책의 가제는 '책팔이의 문장들'이었다. (야심차게 지은 제목이지만 제목안 예선에도 오르지 못하고 탈락했다.)

책을 만드는 일과 홍보하는 일을 십 년 넘게 해오고 있다. 요즘은 책의 내용을 카드뉴스와 영상으로 만들어 온라인 채널에 홍보하는 일을 한다. 온라인의 특성상 콘텐츠를 올리면 실시간으로 댓글이 달린다. 그중 가장 달갑지 않은 댓글은 '책팔이' 류의 댓글이었다. '또 왔냐, 책팔이.' '책팔이한테 낚였네.' 등등... 책 파는 일을 하기에 '책팔이'인 건 사실이지만, '팔이'라는 두 글자에 묻은 강렬한 비하의 어감 때문에 그런 댓글을 읽으면 마음이 쓰렸다. '감성'이나 '추억' 같은 아련하고 아름다운 말도 뒤에 '팔이'가 따라붙는 즉시 더 없이 하찮아지지 않는가.

띠링.

어느 날 스마트폰으로 댓글 알림이 울렸다. 전날 올린 콘텐츠에 달린 댓글이었다. 댓글 첫머리를 언뜻 보니 '책팔이 (어쩌고)'였다. '우씨, 또 책팔이!' 하고 발끈했다가 댓글을 제대로 읽고는 웃음이 터졌다.

**책팔이, 화이팅!**

놀리는 의도가 분명한데 뒤에 붙은 '화이팅' 때문인지, 장난스러운 응원처럼 들렸다. 그러고 보니 '책팔이'라는 말에 귀여운 구석이 있는 것도 같았다. (귀엽게 보이면 끝이라던데....) 요즘 같은 퍼스널 브랜딩의 시대엔 나를 한마디로 표현할 수 있어야 한다는데, 책을 만들고 마케팅하는 나의 직업 정체성은 더 없는 '책팔이' 아닌가? '편집자'나 '북큐레이터' 같은 말보다 덜 우아하지만, 그 말엔 업의 본질과 열정적으로 일에 몰입하는 모습, 그러니까 책을 '팔아 제끼는' 역동성 같은 것이 담겨있었다. 그렇게 나는 꿈보다 해몽격으로 '책팔이'의 운명(?)을 받아들이게 됐다.

기왕 운명을 받아들인 김에 좋은 '책팔이'가 되기로 했다. 좋은 책들 사이에서 더 좋은 책을 선별해서, 재밌게 가공해 전달하고 싶다. 어떤 형태로든 그 책이 꼭 필요한 사람들에게 발견되었으면 하는 마음으로 정성 들여 콘텐츠를 만든다.

이 책도 그런 마음으로 썼다. 매달 십 여 권의 책을 읽으며 혼자만 알고 있기엔 아까운 문장들을 수시로 마주쳤다. 불안과 걱정이 많아 자주 발을 동동거리는 내게 어깨를 내어주고 등을 두드려준 문장들. 그 문장들을 나의 이야기와 함께 담았다. 마음이 불안하고 지치는 날에 이 책을 펼쳐 보았으면 좋겠다. 내가 그은 사소한 밑줄이 누군가의 마음에 불을 밝힐 수 있길.

책에 인용된 문장을 쓰신 모든 작가님들과 〈책식주의〉를 함께 운영 중인 혜림에게 감사의 말을 전하고 싶다.

차례

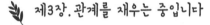

## 제3장. 관계를 재우는 중입니다

## 제4장. 좋아하면 퍼스널 컬러 아닌가요?

제1장

# 주인공이 되는 방법은 모르지만

평생 주인공과 주변인의 경계에서 헤맬지도 모른다. 하지만 그런 고민이 들 때마다 나를 주인공으로 만드는 일은 오직 나만이 할 수 있다는 사실을 떠올리려 한다.

# 책이 내게로 오는 순간

몇 해 전, 책을 좋아하는 사람과 이야기를 나누다가, 그가 《월든》이라는 책에 대해 얘기했다.

"《월든》이 무슨 책이에요? 재미있어요?"

너무 해맑은 나의 질문에 그는 화들짝 놀라며 대답했다.

"아니, 《월든》을 모른다고요? 책 만드는 분이 《월든》을 몰라요?"

그는 믿기지 않는다는 듯 눈이 휘둥그레져, 혹시 장난치는 것이 아닌지 재차 확인했다. 그 모습에 당혹스러움이 배가 됐다. 아, 뭔가 잘못됐구나. 나의 얕은 지식이 또 탄로 났구나. 창피한 마음도 잠시, 비뚤어진 마음이 들었다.

'고전이라고 해서 꼭 읽어야 하는 건 아니잖아요!' (꼭 읽어야 했다.)

책을 편집하고 소개하는 일을 십수 년 했지만, 이름만 들으면 알 만한 고전들을 섭렵하는 것은 고사하고, 가볍게 읽기 시작한 책 중에서도 완독을 못한 책이 수두룩하다. 핑계를 대자면, 지식의 갈증을 해소하는 희열이나 마침내 마지막 페이지를 덮는 완독의 기쁨도 좋지만, 그것이 내가 책을 읽는 궁극적인 목적은 아니기 때문일 것이다.

내가 책을 읽는 이유는, 책이 내게로 '오기' 때문이다. 나는 '책이 온다'는 말을 믿는다. 그것은 '어떤 주술적인 힘이 이끄는 게 아닐까?' 싶을 정도로 기이하고 우연적으로 반복된다. 고민이 있거나 위로가 필요할 때 아무 생각 없이 집어든 책의 한 문장이 마음에 꽂히는 경험 말이다. 마치 책이 지금 이 순간 내게 말을 건네기 위해 의도적으로 그곳에 있었던 것처럼. 그렇게 발견한 문장들은, 때론 그 어떤 이의 말보다 힘이 나는 위로가 되어준다. 누구에게도 털어놓지 못할 고민이 생겼을 때, 마음이 지쳐 주저앉고 싶을 때 나를 다잡아준 것은, 언제나 느닷없이 다가온 책 속의 한 문장이었다. 그 한 문장을 발견하는 것만으로도 독서의 이유는 충분하다.

**사람들은 정치와 신, 사랑에 대해 지루한 거짓말을 늘어놓지. 어떤 사람에 관해 알아야 할 모든 것은 한 가지만 물어보면 알 수 있어. '가장 좋아하는 책은 무엇입니까?'**

— 개브리얼 제빈, 《섬에 있는 서점》, 문학동네

누군가를 더 알기 위해 우리는 질문한다. 어떤 가치관을 지니고 있는지, 어떻게 자랐는지, 어떤 음식을 좋아하는지, 고양이는 좋아하는지, MBTI는 무엇인지. 상대를 조금이라도 더 알고 싶은 마음으로, 더 뾰족한 질문을 고민한다. 그런데 그 질문에 진실하게 대답하는 사람은 얼마나 될까? 나의 경우 대부분은 솔직하지 못한 대답을 하게 된다. 어디서 본 걸 내 생각인양 말하기도 하고, 한 번 해본 걸 자주 해본 것처럼 말하기도 한다. 대단한 거짓말을 하는 것은 아니지만, 어쩐지 '진짜 나'보다는 조금 더 멋진 사람으로 포장하고 마는 것이다.

'가장 좋아하는 책은 무엇입니까?'라는 질문이면 상대에 관해 알아야 할 모든 것을 알 수 있다는 문장에 고개를 끄덕인다. 책은 가치관과 관심사, 취향의 집합체라서, 어떤 책을 좋아하는지 알면 구구절절 설명하지 않아도 그 사람에 대해 짐작할 수 있다. '누군가에 대해 알려면 그 사람의 서재를 보라', '서재를 보는 것은 그 사람의 인생을 보는 것이다' 등등의 서재 버전도 있지만, 이 말에는 크게 공감하지 않는다. 당장 내 책장만 봐도, 있어 보이는 책장을 꾸미기 위해 산 책, 서문도 읽지 못한 책이 더 많다. 반드시, '읽은 책' 중 어떤 책을 좋아하는지가 유효하다.

친구 K는 글자마다 다정이 뚝뚝 묻어나는 책을 좋아한다. 책을 펴자마자 글자에 압도되지 않게 글과 여백의 비율이 비슷해야 한다. '보기 좋은 책이 읽기에도 좋더라'고 K는 말한다. "내가 무슨 상황인지도 모르면서 무조건 '힘내'라고 하는 책은 별로 와닿지 않더라."라고 내가 말하면, K는 "난 오히려 내 상황을 묻지 않고 힘내라고 하니까 좋던데."라고 답한다. 그런 응원의 메시지가 담긴 책을 읽다가 가끔은 엉엉 울어버리기도 한다고. 의외였다. 도도하고 차가운 이미지의 K는 그런 간지러운 위로에 질색팔색할 줄 알았다. 하지만 좋아하는 책으로 보건대 누군가 알아주고 위로를 건네주기를 기다리는, 그리고 그 위로에 왈칵 울어버리는 예민한 감수성을 지닌 사람인지도 모르겠다.

그러니 정말 알고 싶은 사람에게, 이렇게 물어보면 어떨까. 노력 대비 효율이 기대 이상일 것이라 장담한다.

"가장 좋아하는 책은 무엇입니까?"

# 주인공이 되는 방법은 모르지만

가끔 내가 하는 일이 아무것도 아니라는 생각이 들 때가 있다. 지금껏 내가 업으로 삼은 일들은 대부분 누군가를 보조하는 일들이었다. 방송국에서 일할 땐 가장 짬이 안 되는 막내 작가였기에 출연자를 섭외하거나 자료를 찾거나 촬영장을 세팅하는 일을 담당했다. PD가 '아이스링크에서 피아니스트가 그랜드 피아노를 치는 모습'을 연출하고 싶다고 하면 며칠 안에 아이스링크장을 대관하고, 피아노를 협찬 받고, 피아니스트를 섭외하는 일이었다. 분주히 뛰어다니지만 티는 안 나는 일들은 전부 내 차지였다. 그 후 출판사 편집자로 전업을 했다. 저자가 오직 글 쓰는 일에만 집중할 수 있게 부지런히 기획을 하고, 집필 일정을 체크하고 가끔은 원고를 보강하기도 했다. 여전히 바쁘지만 티는 안 나는 일들이었다.

밤을 새우고 꾀죄죄한 몰골로 화사한 메이크업을 받는 출연진들에게 대본을 전해줄 때, 저자의 이름으로 빛나는 갓 출간된 책을 볼 때면 내 역할을 다 해내고도 개운하지 않았다. 내 이름을 프로그램 엔딩 크레딧이나 책의 판권에서 발견할 땐 더없이 기뻤지만 그 감정들은 금방 휘발됐다. 동료들 중에선 나와 같은 일을 하면서도 자긍심으로 가득찬 사람도 많았다. 다른 사람을 보조하면서 스스로도 반짝반짝 빛나는 사람들이. 나는...? 빛나기는커녕 점점 쪼그라들고 있었다. 주인공병에라도 걸린 걸까? 아니면 직업에 대한 긍지가 부족한 걸까? 마음이 힘든 날에는 회의감이 더 높게 고개를 치켜들었다.

'나도 박수 좀 받으면 안 될까?' (쓰고 보니 주인공병이 맞는 것 같다.)

혹시 직장인이라서 이런 고민을 하는 건 아닌지, 내 일을 하면 달라지지 않을지 궁금했던 적도 있다. 퇴사 후에 작은 사업을 하며 그 궁금증이 어느 정도 해소됐다. 사업도 나를 '주인공'으로 만들어주진 못했다. 나는 책을 홍보하는 일을 하고 있는데, 이 일 역시 다른 사람의 책이 잘 판매될 수 있게 일조하는 일이었기 때문이다. 오히려 위치로 따지면 회사에 있을 때보다 더 주변으로 밀려났다. 심지어 이름도 '외'주 아닌가.

어떤 일을 해도 자의식과 죄책감이 동반됐다. 내가 하는 일이란 그저 타인을 빛내주는 일인 것 같아서, 아무도 알아주지 않는 것 같아서, 그런 마음을 갖는 것이 동료들에게 죄스러워서. 결국 내가 주인공이 되지 않으면 해결되지 않는 문제일까. 그런데 대체 '주인공'이란 뭘까. 누가 인정해주고 알아봐주면 주인공이 되는 걸까. 사람들이 박수를 쳐주면 내가 하는 일의 가치가 달라지는 걸까.

고민의 마침표는 찍지 못했지만, 돈벌이로써의 일은 계속됐다. 그러다가 작년에 김완 작가의 《죽은 자의 집 청소》라는 책을 홍보하게 됐다. 특수청소부로서 죽은 이들의 자리를 정리하며 느낀 바를 담은 에세이로, 작년 한 해 가장 많은 사랑을 받은 책 중 하나다. 소재가 독특하거니와 글까지 좋다 보니 광고 콘텐츠의 반응도 좋았다. 조회수는 목표치를 상회했고, 좋아요와 공유 수도 많았다. 바로 책을 샀다는 독자들도 보였다. 뿌듯했다. 보통은 여기서 나의 임무가 끝난다.

다음 날, 메일 한 통을 받았다. 보낸 사람은 '하드웍스'.
하드웍스? 하드웍스는 김완 작가님이 속한 청소 업체의 이름이다. 작가 소개를 흥미롭게 읽어서 알고 있었다. 우리는 출판사의 외주이기 때문에 저자에게 메일을 받는 경우는 거의 없다. 혹시 내용 중에 잘못된 부분이 있어서 출판사를 거치지 않고 직접 연락할 정도로 화가 나셨나, 하고 덜컥 걱정이 됐다.

그런데 작가님이 보낸 메일은 내 예상과는 전혀 다른 내용이었다.

내용은 대략 이러했다. 광고 콘텐츠를 몇 번이나 다시 보며 그날의 기억이 떠올라 눈물을 흘리셨다는 것, 스스로 일하는 목적과 일의 의미를 돌아보고 마음을 다잡을 수 있었다는 것. 여기까지도 충분히 감동이지만, 마지막 문장은 나까지 울컥하게 만들었는데 그 문장을 그대로 옮겨본다.

**우리 이웃들이 처한 모습을 적절한 구성과 아름다운 그림으로 표현해서 많은 이들에게 쉽게 전달해 주신 것, 그것은 너무나 큰 일입니다. 먼 발치에서나마 감사와 응원을 전합니다.**

내가 하는 일을 '우리 이웃이 처한 모습을 많은 이들에게 전하는 것'이라고 생각해 본 적은 단 한 번도 없었다. 그저 누군가의 공(功)을 알리는 일, 누군가의 콘텐츠를 가공해 돈을 버는 일이라고 생각했다. 그런데 이토록 겸허한 메일을 받고 나니 어디론가 숨고 싶어졌다.

'다른 사람의 책을 홍보하는 일'이라고 생각하는 사람과 '이웃의 이야기를 쉽게 풀어 많은 이들에게 전하는 일'이라고 생각하는 사람. 두 사람이 일에 임하는 태도는 얼마나 다를까. 두 사람이 느끼는 긍지의 밀도는 얼마나 차이날까. 확실한 건, 전자는 죽었다 깨어나도 주인공이 될 수 없다는 것이다. 주인공이 된다는 건 업의 종류나 타인의 인정이 아닌, 내가 나의 일을 어떻게 정의하는지에 달려 있기 때문이다. 수많은 사람이 이미 내 옆에서 증명해오고 있었는데, 그걸 무심히 지나치고 있었다. 틀린 문제의 답을 열심히 구하고 있던 나에게 제동을 걸어준 것은 그 겸허한 메일이었다. 오랫동안 고민하던 것의 답치고는 조금 시시하지만 '다 마음 먹기에 달린 것'이 아닐까 생각했다.

깨우침이 무색하게도 여전히 일과 직업에 대한 고민은 계속되고 있다. 이따금 내가 하는 일이 보잘것없이 느껴지려 할 때, 직업이 그저 밥벌이가 되려 할 때, 작가님의 메일을 열어본다. 그리고 가만히 생각해본다. 내가 하는 일을 어떻게 바라보고 있는지, 어떤 의미를 발견하고 있는지. 아마 일을 하는 한 이 고민은 끝나지 않을 것이다. 평생 주인공과 주변인의 경계에서 헤맬지도 모른다. 하지만 그런 고민이 들 때마다 나를 주인공으로 만드는 일은 오직 나만이 할 수 있다는 사실을 떠올리려 한다.

어쩌면 우리는 누구나 각자의 삶에서 주인공이 될 수 있음을 배우기 위해 일을 하는지도 모르겠다.

**당신이 하는 일처럼 내 일도 특별합니다. 세상에 단 한 사람뿐인 귀중한 사람이 죽어서 그 자리를 치우는 일이거든요. 한 사람이 두 번 죽지는 않기 때문에, 오직 한 사람뿐인 그분에 대한 내 서비스도 단 한 번뿐입니다. 정말 특별하고 고귀한 일 아닌가요?**

- 김완, 《죽은 자의 집 청소》, 김영사

# 작은 일을 열심히 하는 사람들

심각한 비염을 앓고 있다. 어느 순간부터는 치료를 포기하고 '애착 질병'처럼 달고 살고 있다. 비염은 중병은 아니지만 삶을 좀먹는 질환이다. 시간과 장소에 상관없이 연거푸 재채기가 나고(요즘 같은 시국에 최악이다), 심할 땐 입천장부터 눈과 귀까지 간지럽다. 비염은 인성도 좀먹는다. 내게 비염이 없었다면 나는 조금 더 착했을 것이다.

작두콩차, 연잎차 등 비염에 좋다는 차를 물처럼 마셨고, 식염수를 코로 마시고 입으로 뱉어야 하는 기괴한 코 세척도 거르지 않았다. 수술 빼고 할 수 있는 것은 다 해봤다. 기도도 해봤다. '제발 이 지긋지긋한 비염에서 벗어나게 해 주세요!' 무신론자의 기도는 무용했고, 여전히 비염과 함께 살고 있다.

비염이 심해질 때 내가 할 수 있는 최선이란 병원에 가는 것이다. 병원에 가는 이유는 딱 하나, 약을 처방받기 위해서다. 비염 때문에 왔다고 하면, 대부분의 의사 선생님은 코를 조금 들여다보고, 무언가를 칙칙 뿌리고, 약을 처방해준다. 진료는 3분도 걸리지 않는다. 그들도 나도 이것이 만성이라는 것을 알기에 진료는 그것으로 충분하다.

지난 여름, 에어컨을 오랜 시간 켜고 지낸 탓에 어김없이 비염이 도졌다. 병원에 가는 것이 귀찮아서 버틸 수 있을 때까지 버티다가 결국 병원으로 향했다. (입천장이 가려우면 더 이상 버틸 수 없다는 신호다.) 이 동네로 이사 와서 처음 가보는 병원이었다.

진료실로 들어갈 때부터 의사 선생님은 범상치 않았다. 인사하는 목소리에 활기가 잔뜩 묻어 있었다. 비염 때문에 왔다고 하자 선생님은 "요즘 에어컨 때문에 건조해져서 많이 힘드시죠!" 하며 울상을 지었다. 아침저녁으로 죽을 맞이었는데 누가 그걸 공감해주니 코끝이 찡했졌다. 선생님은 증상을 자세히 묻고는 코 안을 내시경으로 들여다봤다. 내시경 화면을 찬찬히 살피며 콧속이 어떻게 생겼고 비염이 생기면 그곳이 어떻게 변하는지 설명해주었다. 내 코 안을 그렇게 자세히, 오래 들여다본 건 처음이었다. 선생님은 '비인두'라는 곳을 내시경으로 비추며, 코로나 검사를 할 때 면봉으로 긁는 곳이 이 부분인데 여기에 종양이 생길 수도 있다고 했다. 다행히 내 비인두는 깨끗했다. 코에 뿌리는 약 사용법을 설명할 때는 "환자분, 이렇게 고개를 좀 숙이고 킁! 킁! 하는 거예요." 하며 몸을 숙여가며 시연을 해주셨는데 그 모습이 너무 열정적이라 죄송해질 정도였다. 아니, 이렇게까지 열심히 하신다고요...? 저는 고작 비염 환자일 뿐인데!

병원에서 돌아와 처음으로 포털사이트에 병원 리뷰를 남겼다. 맛집 리뷰나 많이 달아봤지, 병원에 자발적으로 리뷰를 달기는 처음이었다.

**30년 비염 인생, 이렇게 친절한 의사 선생님은 처음입니다!**

리뷰를 쓰고 나니, 그 아래 달린 다른 환자의 리뷰도 보였다. 이 병원에서 진찰을 받고 결과가 좋지 않아 큰 병원으로 옮겨야 했는데, 그 후 의사 선생님이 연락을 해 경과를 확인해주었다는 내용이었다. 현실판 〈슬기로운 의사 생활〉이라는 말도 덧붙였다. 그 드라마를 한 번도 본 적은 없지만, 주인공이 어떤 캐릭터일지 머리에 그려졌다.

비염은 사소한 병이라 생각했다. 전문가가 '흔한 질환이죠. 심해지면 약 드시면 돼요'라고 대수롭지 않게 말하니 대수롭지 않게 여기게 된 것이다. 하지만 비염에 진심이었던 그 의사 선생님을 만나고 나서 처음으로 이 지긋지긋한 만성질환을 한 번 이겨내 보고 싶다는 생각이 들었다. 매일 아침 쿵! 쿵! 약을 뿌리며, 우스꽝스러울 정도로 열정적이었던 선생님의 모습을 떠올린다.

수천 번도 넘게 해온 일을 하면서 어떻게 기계가 되지 않을 수 있을까. 매일 똑같으면서 어떻게 매일 새로울 수 있을까. 자신을 잃지 않으면서 어떻게 지금 해야 할 일에 몰입할 수 있을까.

우리가 하는 일이 우리를 만들까. 그 말은 맞기도 하고 틀리기도 하다. 예술을 하면서도 예술가가 아닌 사람들이 있고, 컨베이어 벨트 앞에서 일하면서도 예술가일 수 있는 사람들이 있다.

- 한수희, 《무리하지 않는 선에서》, 휴머니스트

작은 일에 열심인 사람이 되고 싶다. '작은 일'을 '하찮은 일'과 동의어로 여기지 않는 사람들을 보면 기분이 좋아진다. 그건 큰 일을 잘 해낸 사람들을 보며 느끼는 압도적인 경외감과는 다른 감정이다. '계속 그렇게 고집스러워 주세요.' 하고 조용히 응원하고 싶은 마음, 나도 내 몫의 작은 일에 진지하게 임하고 싶은 마음을 갖게 만든다. 동시에 그 사람은 분명 큰 일도 잘 해낼 것이라는 확신을 갖게 한다. 비인두에 종양이 생기면 나는 아마 그 선생님을 찾아가겠지. (그래도 의사 선생님에겐 되도록 작은 일만 확인하고 싶다.)

자, 이제 오늘 내 몫의 작은 일을 잘해내 보자. 누군가에게는 그 모습이 결코 사소하지 않게 전해질 것임을 믿으면서.

# 내일 할 거야, 왕창 할 거야

마감이 있을 때면 항상 마음이 불편하다. 그렇지 않은 사람이 있냐고 묻는다면, 놀랍게도 있다. 내 동생이다. 한 핏줄이 맞을까 의심될 정도로 동생과 나는 다르다. 나는 급하고 동생은 느긋하다. 나는 초조하고 동생은 태평하다. 같이 여행을 가면 성향 차이를 극명하게 느낄 수 있는데 9시에 나가기로 약속을 하면, 나는 일찌감치 나갈 준비를 마치고 발을 동동거린다. 동생은 느지막이 일어나 느릿느릿 씻고 굼뜨게 준비한다. 그리고 9시가 턱밑까지 차오를 때쯤 준비를 마친다. 나는 좀 서두를 순 없냐고 닦달하고, 동생은 정해둔 시간만 맞추면 되지 왜 재촉하냐고 불평한다. 여행 중에도 비슷한 이유로 투닥거린다. 나는 급하고 동생은 느긋해서.

성향 차이로 인한 갈등이 여행이 끝나는 순간 끝났다면 참 좋았겠지만, 그럴 수 없게 되었다. 얼마 전부터 동생이 내 일을 도와주며 우리가 일종의 노사 관계가 되었기 때문이다. 우리가 하는 일은 마감의 연속이다 보니 늘 시간에 쫓겨야 한다(고 생각했다). 조급증이 있는 나는 동생에게 틈틈이 진행 상황을 확인했다. "언제 마무리돼?" "그걸 아직도 하고 있다고?" 내가 쪼아대면 동생은 "마감만 잘 맞추면 되잖아!"라고 되레 짜증을 내거나 무응답으로 응수했다. 분한 사실은 동생의 항변처럼 동생은 마감 전까지 어떻게든 일을 끝낸다는 것이었다.

한 번은 동생과 함께 시골에 있는 엄마 집으로 내려가 일을 하기로 했다. '전원이 있는 곳에서 같이 일하면 인도네시아 우붓 어딘가의 힙한 코워킹 오피스 같지 않을까?' 하는 기대를 안고. 그리고 나는 목격하게 된다. 어렴풋이 짐작만 하고 있었던 뺀질거림의 현장을.... 동생은 일하다가 누웠다가 다시 일하다가 TV를 보다가, 다시 일하다가 무언가 먹기를 반복했다. 지켜보는 '사' 측의 속이 말이 아니었다. 한마디 할라치면 질색팔색을 할 게 뻔하므로 '나 같으면 일쩍 끝내고 놀겠다.'라는 말은 꾹꾹 눌렀다. 그저 동생에게는 마감의 압박이나 초조함, 조급함은 단 1초도 느껴지지 않는다는 것이 신기할 따름이었다.

일하다 말고 어느새 방으로 들어간 동생이 조용했다. 이번엔 뭘 하고 있나 들여다 봤더니... 자고 있었다. 아주 쿨쿨. 마감을 앞두고 저렇게 태평하게 잠을 자다니, 쯧쯧! 나는 혀를 찼다. 부지런한 사람들을 위해 내리쬐는 오후의 햇살을 이불 삼아 질편하게 잠을 자는 동생의 모습은 이질적이면서도 묘하게 평온해 보였다. 그리고 그 모습을 계속 보고 있노라니 스멀스멀 이런 생각이 드는 거다.

'참 대~단하다.'

그것은 내가 할 수 있는 일이 아니었기 때문이다. 일 모드, 놀이 모드 스위치가 있는 사람처럼 스위치를 이쪽저쪽 누르며 모드를 전환하는 것. 그러니까, 인정하고 싶지 않지만 내가 느낀 감정은 경외 같은 것이었다. 내가 저 게으름뱅이에게 경외를 느끼다니 말도 안 돼...!

아마 그 감정은 부러움에서 기인한 것이었을 것이다. 나는 도무지 일이 안 돼서 일을 조금 미뤄두고 쉬는 시간에도 온전히 쉬지 못하는 사람이기 때문이다. 그럴 땐 일을 하는 것도 아니고 안 하는 것도 아닌 림보에 갇혀 있는 것 같다. 몸은 쉬는 것 같지만 머릿속으론 되뇌고 있다. '해야 되는데... 해야 되는데...' 유튜브를 보면서도, 누워 있으면서도 양쪽 어깨에 원숭이가 한 마리씩 매달려 있는 기분이다. 그렇게 불편한 마음을 내내 가지고 쉬다가 다시 일을 한다. 몸과 마음은 한없이 분주한데 일에는 큰 진전이 없는, 비효율의 극치.

　나는 언제부터 제대로 쉬지 못하는 사람이 되었을까. 마감이 반복되는 일의 특성 때문일 수도 있고, 퇴사 후 수입이 불안정해진 탓일 수도 있다. 어쩌면 운명 때문일 수도 있다. 올해 초신년 운세를 보러 간 점집에서 역술가 아저씨가 말했다. 쥐의 일주라서 항상 잡아먹힐까 봐 불안해 하면서 산다고. 유일하게 쥐를 지켜주는 동물이 소라서 소의 해만 기다리며 산다고.

　"아니, 그럼 저는 12년 중 11년은 불안해 하면서 산다는 말인가요?"

　절규와 가까운 내 질문에 그는 그게 네 운명인데 어쩔 수 없지 않냐는 듯 고개를 끄덕였다. 날짜로 환산해 봤을 때 내가 12년 중 11년을 불안해 하며 사는 건 사실이다. 몸과 마음이 불편해야 비로소 편해지는 역설, '이렇게 쉬면 결과가 좋을 리 없어.' 하며 마음 한구석을 불편하게 만들고야마는 이상한 죄의식은 오래전부터 나를 지배해왔다. 그러니, 걸리는 것 하나 없이 쿨쿨 자는 동생이 부러울 수밖에….

　그리하여, 요즘 나의 화두는 잘 미루고 잘 쉬는 것이다. 잘 쉬는 사람이 꼭 일을 잘하는 건 아니지만, 일을 잘하는 사람들은 대개 잘 쉬는 방법을 알고 있다. 일을 잘한다는 말 안에는 잘 쉴 줄 안다는 뜻이 포함되어 있다. 일하는 시간과 쉬는 시간을 적절하게 안배하고, 쉴 땐 열심히 쉬며 일할 수 있는 에너지를 비축하는 능력 말이다.

**여러분, 편리한 말이니 오늘 이거 외워 두시기 바랍니다. '내일 할 거야. 왕창 할 거야.' (중략) 스스로에게 응석 부릴 때 참 편한 말입니다. '내일 할 거야'만으로는 안 됩니다. '왕창 할 거야'가 지금의 나를 좀 더 편안하게 해주는 키워드니까요. 요즘, 이 말이 썩 마음에 듭니다.**

- 요시타케 신스케, 《나도 모르게 생각한 생각들》, 온다
(ヨシタケシンスケ著《思わず考えちゃう》, 新潮社刊)

'상상력 천재'라는 수식어를 달고 다니는 일러스트레이터 요시타케 신스케도 이런 생각을 한다니. 적어도 마감의 압박이란 누구에게나 공평한가보다 싶어 위안이 된다. 잘 쉬기 위해 요즘 나는 요시타케 신스케의 주문을 생각한다. 이런 말을 외운다고 내가 갑자기 동생 같은 사람이 되는 건 아니지만, '내일 해야지, 왕창 해야지' 생각하면 마음이 조금은 편해진다.

할 일은 쌓여 있는데 좀처럼 의욕이 나지 않는다면, 일하는 것도 쉬는 것도 아닌 어정쩡한 기분에 어깨가 무겁다면 잠들

기 전에 이 말을 한 번 떠올려봤으면 한다. 단순하지만 생각보다 꽤 효과가 좋다.

내일 할 거야. 왕창 할 거야.

# 멍청하지만, 성실하게

나는 기계 예찬론자다. 웬만한 집안일은 모두 기계에게 일임한다. 시간과 체력을 아끼고 싶은 마음도 있지만, 그보다는 집안일이라면 무엇 하나 야무지게 해내지 못하는 스스로에 대한 불신 탓이다. 어릴 때 내가 설거지를 하면 으레 어딘가에서 엄마의 혀 차는 소리가 들려왔다. 엄마는 곧 "나와, 나와!" 하며 짜증스럽게 나를 밀어내고는 설거지를 다시 했다. 그렇다. 내가 바로 이 구역의 '일 두 번 하게 만드는 스타일'이다.

결혼 후 살림을 대신 해주는 기계들을 구비하며 나의 자존감은 회복되었다. 집안일은 각 분야의 전문가들에게 맡겨두고 나는 내가 잘하는 일에 집중하면 되었다. 전문가들은 나를 못 미더워하지도, 혀를 차지도 않았다.

이번에 모시기로 한 전문가는 물걸레 로봇청소기. 습도가 높은 여름이라, 바닥이 끈적해져서 내딛는 걸음걸음 불쾌했다. 생각해보니 습도가 문제가 아니라, 우리 집에선 그 누구도 물걸레질을 하지 않는다는 게 문제였다. 전문가의 도움이 절실했다. 이왕이면 이 분야에서 가장 실력 있는 전문가를 모시기 위해 청소기 리뷰를 하나하나 살펴보았다. 그러다 한 문장이 눈에 꽂혔다.

**멍청하지만 성실해요.**

멍청하지만 성실하다니. 웃음이 나왔다. 시종일관 어딘가에 쾅쾅 몸을 찧으면서도 묵묵하게 자신의 임무를 수행하는 청소기의 모습이 그려졌다. 이상하게도 그 말은 내내 머릿속을 떠나녔다.

그 말을 사람에 대입해보면 어떨까. 아마 일머리는 별로 없어서 종종 사고를 치고 속도도 느리지만, 끝까지 할 일을 해내는 이의 모습이 그려진다.

처음 방송작가가 되었을 때 선배 작가가 나를 불러냈다. 굳은 표정으로 으슥한 곳으로 데려가는 것으로 봐선 분명히 혼내려는 것 같았다. 그 선배의 얼굴도, 이름도, 내가 무슨 잘못을 했는지도 기억나지 않지만 한마디만은 또렷하게 기억에 남아 있다.

"혜원아, 싸가지 없어도 일만 잘하면 되는 거야."

멍청하고 성실하던 때였다. 배운 게 없으니 멍청했고, 열심히 하는 것밖에 할 수 있는 게 없어서 성실했다. 조금 억울했다. 선배들은 어깨너머로 배우라고 말하면서도 좀처럼 곁을 내주지 않았으니까. 뭐 아무튼, 멍청해 보이는 신입이 하는 것에 비해 효율이 나지 않으니 선배는 많이 답답했던 모양이다. 갓 사회에 발을 들이고 처음 선배에게 들은 꾸지람이라 그 말은 그대로 머릿속에 각인되었다. 눈치껏 빠릿빠릿하게 하라는 말이구나.

'싸가지 없어도 일만 잘하면 된다.' 분명 방점이 뒤에 찍혀 있는 말이었을 텐데 사회생활의 연차가 쌓일수록 어쩌 앞에 것만 기가 막히게 잘해내는 사람이 되었다. 내가 손해 보지 않을 만큼만 효율적으로, 조금 피해를 주더라도 모른 척하며, 눈치 봐가며 정도껏. 만약 그때 내가 들은 말이 '일은 좀 느려도 성실하게 하면 되는 거야.'였다면 나는 다른 모습의 직장인이 되었을까?

출판사 편집부에 입사한 지 10년 차가 되었을 때, 팀에 신입이 들어왔다. 똘망똘망한 눈망울이 인상적인 90년대생이었다. 미디어에서 '요즘 90년대생들'에 대한 이야기를 귀에 인이 박히게 들은 터라 궁금했다. 정말 그들은 개인주의적인지, 상사 눈치를 보지 않는지, 비효율을 극도로 혐오하는지. 그녀는 말로만 듣던 90년대생 같기도 했고, 동시에 완전히 다른 것 같기도 했다. 그녀는 무언가를 계속 했다. 자료를 만들고, 직접 디자인을 해보고, 야근을 하며 교정을 봤다. 그렇게까지 할 필요 없다는 선배들의 만류에도 꿋꿋하게 '그렇게' 했다. 마감은 미뤄지고 있었지만 그녀를 불러내서 "눈치껏 빠릿빠릿하게 하세요." 같은 말은 하지 않았다. 그녀는 여기저기 머리를 찧어가며 자기만의 길을 만들어 나가는 중이기 때문에. 돌고 돌아 결국 그녀가 닿아 있을 곳은 그 누구보다 높은 곳일지도 모르니.

청소기가 도착했다.

듣던 대로다. 이미 닦은 곳을 연신 닦아대기도 하고 사방에 쿵쿵 부딪치기도 한다. 그래도 어떻게든 할 일을 완수한다. 배터리가 다 소진되어 멈출 때까지 성실하게 일한다. 그 모습이 어쩐지 감동적이라 '오구오구' 하며 청소기를 쓰다듬어 주고 싶다. (…하진 않았다.)

인생의 반환점을 향해 달려가는 나이, 이제는 삶의 태도를 조금씩 바꿔보고 싶다. 조금 멍청해도 성실하게. 조금 느려도 우직하게.

혹시라도 지금 자신에게는 성실히 일하는 것밖에는 아무런 능력이 없다고 낙담하는 사람이 있다면, 나는 그 우직한 근성을 소중히 여기고 기뻐하라고 말해주고 싶다. 민첩하고 영리한 머리보다는 보잘것없어 보이는 일도 끈기 있고 성실하게 해나가는 '지속의 힘'이야말로 일을 성공으로 이끌고 인생을 가치 있게 만드는 진정한 능력이니까 말이다.

- 이나모리 가즈오, 《왜 일하는가》, 다산북스

# 배신을 모르는 이름

시트콤 전성 시대가 있었다. 내가 초등학교 고학년이었을 즈음 시작된 걸로 기억한다. 〈세 친구〉, 〈순풍산부인과〉, 〈웬만해선 그들을 막을 수 없다〉 등 시대를 풍미했던 시트콤이 많았지만, 내게 최고의 시트콤은 〈남자셋 여자셋〉이었다. 그 시트콤은 나 같은 초등학생에게 핑크빛 희망을 심어줬는데, 대학에 가면 송승헌 같은 남자와 달짝지근한 러브라인을 만들며 매일이 좌충우돌 에피소드로 촘촘한 캠퍼스 라이프를 즐길 줄 알았다는 것이다. (몹쓸 희망이었다.) 대학생 언니 오빠들의 이야기가 왜 그렇게 재미있었는지 본방 사수는 물론이고 비디오 테이프가 닳도록 녹화해서 보고 또 봤다.

내가 가장 집중한 순간은 프로그램이 이제 막 시작할 때, 타이틀이 나오면서 오른쪽 하단에 작가 이름이 뜨는 1~2초 남

짓한 시간이었다. 나는 마음속으로 '제발 명수현! 명수현!'을 외쳤다. 당시 대여섯 명의 작가가 돌아가며 극본을 썼는데, 내가 웃고 울고 아쉬워서 몇 번씩 돌려본 에피소드는 하나같이 명수현 작가가 쓴 각본이었다. 내게 '명수현'은 배신을 모르는 이름이었다. 급기야는 꿈도 방송작가로 정했다. 명수현 작가처럼 30분 안에 배꼽을 잡게 했다가 금세 눈물을 쏟게 하는 각본을 뚝딱뚝딱 쓰고 싶었다.

중학교 때도 고등학교 때도 내 꿈은 바뀌지 않았다. 장래 희망란에 '방송작가'를 적어 넣는 손에는 1초의 망설임도 없었다. 대학 입시를 준비하며 진학 희망 학과를 정해야 했는데, 방송작가와 연관성이 있는 학과는 극작과, 신방과, 문예창작과, 국문과 정도로 추려졌다. 정말 의지가 확고했다면 극작과에 가야 했지만 나는 국문과에 지원했다. '국문과에 가면 꼭 방송작가가 안 되더라도 뭐라도 할 수 있지 않을까?' 생각한 것 같다. 그렇게 진학한 국문학과에선 언어로서의 국어와 국내 문학에 대해 배웠다. 시트콤 작법을 알려주는 수업 같은 건 당연히 없었다.

대학을 졸업하고 나서 알음알음 소개로 그토록 바라던 방송작가가 됐다. 다만 시트콤 극작가가 아니라, 교양 프로그램 구성작가였다. 바라던 대로 '방송작가'가 되긴 했지만 정확히 내가 원하던 진로는 아니었다. 하지만 극작가가 되기엔 갈 길이 아득했다. 누구 하나 시원하게 '시트콤 작가 되는 법'을 알려주는 사람이 없었을 뿐더러, 고생을 많이 하고 배고픈 직업이라는 '카더라'가 무성했다. 구성작가로 커리어를 쌓다보면 나중에 시트콤 작가로 전직을 하기도 한다는 얘기를 주워듣고 냉큼 그렇게 하면 되겠다고 생각했다. 정면 승부할 자신이 없어서 우회로를 택한 셈이다.

결과적으론, 전직은커녕 구성작가로도 1년밖에 버티지 못했다. 열 시간이 넘는 분량의 테이프를 그대로 받아적는 일, 100페이지에 달하는 자료조사를 하는 일, 섭외 리스트를 만들어 전화를 돌리고 대차게 까이는 일, 녹화날 대본을 들고 방송국을 적토마처럼 뛰어다니는 일 모두 1년을 겨우 채우고 포기했다. 나는 방송작가로서의 깜냥이 안 된다는 걸 깨닫고 나서였다. 작가 생활은 고작 1년이었지만 그것을 마무리 짓는 일은 초등학생 때부터 이어진 십수 년에 관한 것이었다.

그 후론 꿈에 대해 생각해본 적이 없다. 내가 잘할 수 있는 일을 하고, 다른 일과 연이 되면 그 일도 해보고 있다. '꼭 이런 일을 해야지, 반드시 저런 사람이 되어야지.' 하는 생각은 하지 않게 됐다.

몇 년 전, 아무 생각 없이 드라마를 보다가 크레딧에서 '명수현'이라는 이름을 발견하고는 소리를 지를 뻔했다.

'작가님이 여기서 왜 나와?'

혹시 동명이인은 아닐지 인터넷을 검색해 보니, 드라마 작가로 전향하신 모양이었다. 이미 이름만 들으면 아는 드라마도 많이 집필하셨다. 여전히 그 이름은 배신을 모르고 있었다. 내가 시트콤 작가로 꿈을 정한 뒤 국문과에 진학해 대학을 졸업하고 이직을 할 동안 그녀는 각본가로서 꾸준히 작품 활동을 하며 영역을 넓히고 있었다. 그렇게 생각하니 복잡한 마음이 들었다. '역시 내 우상!'이라는 자랑스러움 뒤에 느껴지는 헛헛함. 용기가 없어서 가지 못한 길을 여전히 뚜벅뚜벅 걸어가는 사람을 보며 느낀 그 감정을 뭐라 표현할 수 있을까.

**그동안 내게 진로를 찾는 여정은 마치 지뢰찾기 같았다. 관심 가는 일 중에서 아주 완벽히 망하지 않을 길을, 할 수 있는 길을 살살 골라 걸어가는 것만 같았다.**

- 수미, 《애매한 재능》, 어떤 책

나는 학과를 택한 순간부터 구성작가가 되고, 결국 그마저 그만둘 때까지 용기가 없었다. 꿈의 단호함에 비해 결정은 그렇지 못했다. 항상 피할 구석을 마련해두고, 어김 없이 그

곳으로 도망갔다. 늘 '완벽히 망하지 않을 길'을 택했다. 만약 국문과가 아닌 극작과를 택했다면, 기약 없이 고생하더라도 맨땅에 헤딩을 해보기로 했다면, 지금의 나는 꿈꾸던 길을 걷고 있을까?

"가능한 것만 꿈꾸란 법은 없잖아요."라는 어느 연예인의 말처럼 꿈은 그저 꿈일 뿐이라 생각하면 되는데, 자꾸만 가지 않은 길을 기웃거린다. 지금의 나도 충분히 괜찮다고 생각하는데도 그렇다. 내가 그린 꿈의 시나리오대로 술술 풀려 있을 내 모습을, 어릴 적 내가 그리던 내가 되어 있는 나를 상상한다. 어릴 때 '꿈'이란 앞을 향해 달려나가게 하는 것이었는데, 어른이 되고 나니 '꿈'이 자꾸 뒤를 돌아보게 한다.

어쩌면 인간은 꿈을 바라보는 것이 숙명인 존재라, 나는 저만치 뒤에 놓아두고 온 꿈을 이따금 돌아보며 살아야 하는지도 모르겠다.

# 사랑과 야망 그리고 윤종신

내가 가장 멋있다고 생각하는 50대 남자는 가수 윤종신이다. 내 눈엔 다니엘 크레이그보다 멋있다.

그가 부르는 노래는 물론이고, 가사 안에 담긴 세상을 바라보는 시선, 너무 현실적이라 뜨끔한 찌질함, 진지함 속에서도 잃지 않는 위트, 상대를 바라보며 짓는 어른스러운 미소 같은 걸 좋아한다. 실제로 그가 어떤 사람일지는 모르지만, 나는 (내가 그리는) 윤종신 같은 사람이 되고 싶다. 그러므로 나의 장래희망은 윤종신이다.

그는 대단한 입담꾼이기도 하다. 나는 특히 그가 하는 '일' 얘기를 좋아한다. 십수 년 넘게 매달 곡을 만들어내는 사람, 그러면서도 뻔하지 않은 결과물을 만들어내는 사람, 어제보다 오늘의 정체성을 더 확장해나가는 사람의 이야기는 언제나 궁금하다. 계속 듣다 보면 닮을 수 있을 것 같아서 자꾸만 찾아본다.

수많은 영상과 책을 섭렵하며 그의 '찐팬'임을 자부했지만, 내가 단단히 오해하고 있는 것이 있었다. 나는 당연히 그가 굉장한 야망가일 거라고 생각해왔다. 인기와 명예, 저작권 수입까지 든든함에도 불구하고 프로듀서로, 기획자로, 유튜버로 점점 더 왕성하게 활동하는 걸로 보아 어마어마한 야망을 품고 있으리라 짐작한 것이다. 그런데 어제 본 유튜브 영상에서 그는 특별히 야망 같은 건 없다고 말했다. '대단한 걸 해야지.' 하는 결심을 하고 시작한 일은 하나도 없다고, 좋아하는 걸 하다 보니까 어느 순간 사람들이 '대단한 걸 하네?'라고 말해주었다고 했다. 그러니까 지금까지 꾸준히 앨범을 내고 후배들을 양성하는 이유는 '그냥 좋아서'였다. 좋아서 꾸준히 하다 보니, 게다가 잘하다 보니, 거기에 운까지 좋다 보니 성공이 따라왔을 뿐이다. 약간의 배신감도 잠시, 그 영상을 보고 나서 그가 더 좋아졌다. 나는 더 윤종신이 되고 싶었다.


그리고 그날 저녁 읽은 인터뷰집 《멋있으면 다 언니》에서 나는 윤종신 같은 사람을 또 발견했다. 영화 〈벌새〉의 김보라 감독이었다.

저는 〈벌새〉가 알려진 후에 '야망이 있다'는 이야기를 몇 번 들었어요. 난 사랑으로 영화를 완성한 것뿐인데 누군가에게 '야망', '야심'이라는 틀에 맞춰 해석되는 것이 낯설었어요.

- 황선우, 《멋있으면 다 언니》
뼛속까지 내려가서 만든다는 것 : 영화 〈벌새〉 감독 김보라 편, 이봄

〈벌새〉를 보고 일었던 잔잔한 마음의 파동을 기억한다. 힘들고 우울할 땐 손가락을 움직여보라던, 아무것도 못할 것 같아도 손가락은 움직일 수 있다던 영지의 말을 잘 기억해 두었다. 아마 영화를 본 사람 중 우울할 때 다섯 손가락을 하나씩 까딱여 본 사람이 나뿐만은 아니겠지. 손가락 움직일 힘만으로 희망을 갖는 방법을 알려준 〈벌새〉는 누군가의 사랑으로 완성된 영화였다.

내 주변에도 그런 사람들이 있다. 괴로워 죽겠다면서도 그것을 꼭 붙들고 놓지 않는 사람들, 괴로움마저 그 일에 녹여내는 사람들, 그러다 보니 하나둘 결과물이 생기고, 어느새 '성공했다'는 말이 따라붙은 사람들. 그들이 이룬 성공의 조건은 다름 아닌, '사랑'이었다. 그런데 그렇게 사랑으로 일구어낸 것을 '성공'이라는 말로 표현하기에는 충분하지 않은 느낌이다. 그에 대한 대답도 책에서 찾을 수 있었다.

**영화를 사랑하는 사람이 결국은 영화를 만들어내는 것을 보면서 나도 〈벌새〉를 끝까지 해낼 거라 다짐하게도 되었고요, 무언가를 사랑으로 하는 사람의 '성공'은 '피어남'이라는 단어가 훨씬 잘 어울리는 것 같아요.**

- 황선우, ≪멋있으면 다 언니≫
뼛속까지 내려가서 만든다는 것 : 영화 〈벌새〉 감독 김보라 편, 이봄

'피어남' 작게 발음하는 것만으로도 입술 끝에서 생명력이 느껴진다. 무언가를 사랑으로 완성하는 사람의 성공은 '피어남'이라는 말이 훨씬 잘 어울린다. 오랫동안 품어온 좋아하는 마음을 봉오리 밖으로 밀어낼 때의 고통과, 마침내 봉오리가 열리며 개화하는 꽃의 역동성이 '피어남'이라는 단어에서 느껴진다.

주변 사람들에게 어쩐지 줄곧 '야망'이 있다는 말을 들어온 나는 '야망'이라는 말이 마냥 반갑게 들리지 않았다. '야망'이란 단어를 들으면 63빌딩을 바라보며 '언젠가 저걸 내 것으로 만들겠어!' 하는 드라마 주인공의 이미지가 떠올라서였을까. 그런 사람은 아무리 성공해도 피어나지 못할 것 같다.

피어나는 사람이 되기 위해 내게 필요한 것은 오직 사랑이라는 사실을 잊지 않고 싶다. 언젠가는 윤종신을 꿈꾸며, 그 사실을 꼭꼭 마음에 새겨둔다.

# '쾌'의 떡밥

회사가 끝나면 집으로 돌아와 다시 출근을 했다. 매너리즘에 빠지지 않으려 부업으로 시작한 일이 어느 순간 회사 일보다 많아졌다. 새벽까지 일하는 건 예사고, 주말 내내 일만 할 때도 있었다. 삶이 온통 일로 채워졌다. 그래도 회사를 그만둘 생각은 없었다. 딱히 회사를 그만두고 싶을 정도로 싫은 사람도 없었고, 일도 나쁘지 않았다. 퇴사를 한 이유는 단지 시간이 부족해서였다.

퇴사를 하면 시간 부자가 될 줄 알았다. '일도 하고, 공원 산책도 하고, 책도 쓰고, 여행도 다녀야지. 그러고도 남는 시간엔 뭐하지?' 지금 생각하면 어림 반푼어치도 없는 고민이었다. 정말 이상한 일이었다. 퇴사 후 회사에서 쓰던 시간을 여분으로 얻게 되었는데도, 시간이 부족했다. 매일 회사에서 쓰던 시간은 어디로 증발해버린 걸까.

퇴사를 하며 일이 삶 속으로 우르르 밀려들어왔다. 꼭 지금 처리하지 않아도 되는 일들은 자연스럽게 '이따가'로 밀렸다. 출근이 없다는 건 퇴근도 없다는 걸 의미했다. 일할 시간을 더 얻게 된 만큼 생활의 시간을 내주게 된 것이다. 퇴사 선배들은 입버릇처럼 말했다. 프리랜서들은 알아서 매일의 시간을 분배하고 운용해야 하는데 그게 가장 어렵다고. 삶과 일의 경계가 흐릿해지려 할 때마다 경계선을 열심히 덧칠해야 한다고. 그건 나만의 출퇴근 시간을 정하고 퇴근 후로는 일을 미루지 않는 습관을 만들어야만 가능한 일이었다. 하지만 여전히 하기 싫은 일은 마감 직전까지 밀렸고, 일과 삶은 어지럽게 뒤섞여 있었다. 그럴 때마다 이렇게 의지력 약한 나 같은 인간에게 자율성을 주면 안 된다며 한탄했다.

**쾌락과 불쾌는 동기부여의 훌륭한 원천이다.**
- 로먼 겔페린, 《정말 하고 싶은데 너무 하기 싫어》, 동양북스

자괴감의 심연으로 빠져들 때쯤 만난 책 《정말 하고 싶은데 너무 하기 싫어》는 〈굿 윌 헌팅〉의 숀 교수처럼 그건 네 잘

못이 아니라며 어깨를 다독여주었다. 이 책에 의하면 인간을 움직이는 건 의지력이나 정신력이 아니다. 오로지 '쾌락 원칙'이다. 쾌락을 추구하고 불쾌를 피하려는 본능이 인간의 거의 모든 행동과 생각을 결정한다는 것이다.

이를테면 이런 것이다. 매일 아침 침대와 혼연일체가 되어 '5분만 더'를 외치는 나도, 여행 가는 날이면 아침 7시부터 눈이 번쩍 떠진다. 여행이라는 '쾌'에 몸이 반응하는 것이다. 그런가 하면 다이어트를 한답시고 저녁을 굶은 다음 날이면 새벽부터 일어나 부엌을 어슬렁거린다. 이번엔 허기라는 '불쾌'에 반응하는 것이다. 이렇게 쾌와 불쾌에 정직하게 반응하는 본능을 역으로 이용하면 나처럼 의지력이 부족한 사람도 동기부여가 가능하다고 한다. 오...읽다 보니 그럴 듯했다.

택배를 꼭 회사로 시키는 동료가 있었다. 비록 택배를 집으로 운반하는 수고를 해야 할지언정 택배 받을 생각을 하면 출근길이 덜 힘들다고 했다. 그런가 하면 점심에 갈 맛집 리스트를 엑셀로 정리해 둔 동료도 있었다. 그녀는 점심 먹으러 나온 김에 회사에 들러서 일도 한다는 기분으로 출근한다고 했다. 리스트에 있는 맛집을 한 번씩만 가도 장기근속은 너끈해 보였다. (적어도 한 전문가가 월요병 예방을 위해 권고했다가 일대 파란을 일으킨 '일요일에도 출근하기'보다 훨씬 나은 방법 같다.) 그렇게 모두 자기만의 출근의 '쾌'를 비장의 카드처럼 옷섶에 몇 개씩 비축해 놓고 있었다.

요즘은 아침에 도저히 몸이 일으켜지지 않을 때 작업실에서 커피를 내려 마시는 상상을 한다. 구체적으로 상상할수록 효과가 좋다. 차가운 얼음이 들어간 커피가 입술에 닿는 촉감과 온도, 멍한 정신이 번뜩 깨어나는 감각을 천천히 그려본다. 그러면 녹은 엿가락처럼 침대에 눌러붙어 있던 몸에 시동이 걸린다. 그래도 일어나는 게 힘들면 더 강력한 '쾌'를 떠올린다. 사무실 앞에 있는 분식집의 치즈알밥이나 일부러 작업실 근처로 등록한 피아노 학원처럼 작업실에 나가야만 만날 수 있는 온갖 '쾌'들을 생각하는 것이다.

하기 싫은 일을 해야 할 땐 그 과정에 나만의 '쾌'를 조금씩 설치해 두자. 헨젤과 그레텔의 과자 부스러기처럼 여기저기 '쾌'의 떡밥을 떨어뜨려 놓고 하나씩 회수하는 거다. 결국 과자를 줍다가 당도한 곳이 일터일지라도 말이다…!

# 뒤끝이 좋은 사람

회사에 다닐 때 상사가 내게 자주 하던 말이 있었다. 내가 70%까지는 잘해낸다는 것이었다. 언뜻 칭찬처럼 들리지만 그 말은 늘 미괄식으로 완성됐다. 마지막 문장은 '그 이상은 하지 않는다'였다. '그 이상은 못한다'를 에둘러 말한 건지도 모른다. 상사는 마른 걸레를 쥐어짜는 심정으로 나머지 30%를 이끌어내려 야단도 치고 구슬려도 봤지만, 내 성과는 객관적 지표로도 주관적 만족도로도 늘 70% 정도에 머물렀다. 실은 70%에 훨씬 못 미쳤을지도 모른다.

업무뿐 아니라 어떤 일이든 뒷심이 부족했지만 크게 스트레스를 받지는 않았다. '내가 결심을 안 해서 그렇지, 하려고만 하면 끝내는 건 문제가 아니지.'라는 자신감이 있었다.

문제는 글을 쓰면서부터였다. 70%의 완성도는 글쓰기에도 적용됐다. 초반에는 손가락을 달싹이며 이 얘기 저 얘기 신나게 풀어놓다가 금방 길을 잃어버렸다. 그럴 때 어떻게든 다시 제자리를 찾아가 결론까지 끌고 가는 것이 작가의 태도겠지만 나는 어물쩍 다음 글로 넘어가버렸다. 그러다 보니 글을 '완성'했다는 감각을 느낀 적이 별로 없었다. 미완은 너무 쉽게 학습됐다. 나머지는 퇴고할 때 채우면 되지, 미뤄둔 채로 결론 없는 글들이 쌓여갔다. 그 후론 퇴고를 하지 않았기 때문에 그 글들은 영원히 미완으로 남을 것이다.

점점 글쓰기에 흥미를 잃을 무렵, 직업으로 글을 쓰는 친구에게 글을 '완성'했다는 감각은 언제 느끼는지 물었다. 친구는 '내 능력으로 이보다 더 잘 쓸 수 없겠다고 느낄 때 놓아준다'고 말했다. 친구의 말을 듣고야 나는 소름 돋는 진실을 깨달았다. 나는 내 능력의 70%만 쓰는 게 아니었다. 이게 내 100%였다…!

왜 '나머지 30%는 내가 하고 안 하고'의 문제라고 생각했을까. 그건 선택의 문제가 아니라, 능력의 문제인데. '아직 끝내지 않은 일'은 '언제든 할 수 있는 일'과 같은 말이 아니었다. 그것이 의지의 문제든 지구력의 문제든 능력의 문제든, '할 수 없는 일'과 다름없었다.

내가 매번 채우지 못한 30%란, 어떻게든 진득하게 자리에 앉아 더 이상 좋은 것이 나올 수 없을 때까지 머리를 쥐어 뜯고 괴로워하고 고민하는 사람만이 채울 수 있는 것이었다. 한 웹소설 작가는 창작이 너무 괴로워서 엉엉 울면서, 휴지로 눈물을 닦으며 글을 쓴다고 했다. 내일의 일은 내일의 나에게 미루고 두발 뻗고 자는 난 전혀 모르는 세계였다.

결국 30%를 만드는 건 70%까지 일을 진척시킬 땐 들이지 않아도 되었던 노력, 스트레스, 분노, 자괴감 같은 것들일 것이다. 그 30% 없이는 나는 영영 '완성'이라는 감각은 경험해 보지 못할지도 모른다.

**끝나지 않는 일은 할 필요 없는 일입니다.**

- 젠 예거, 《시작한 일을 반드시 끝내는 습관》, 갈매나무

'끝나지 않는 일은 할 필요 없는 일'이라는 말이 극단적으로 들리지만 반박할 수 없다. 매듭 없는 바느질이, 결론 없는 영화가 어떤 의미가 있을까? 하물며 글쓰기는 어찌 됐든 내 손 안에서 끝낼 수 있는 일이다. 외부 상황이나 타인의 영향을 받지 않고 내 두 손만 움직여 결과물을 만들 수 있는 일은 생각보다 많지 않다. 내 힘으로 글 하나도 마무리짓지 못한다면, 타인과의 협업과 예기치 못한 사고가 다반사인 치열한 일

의 전선에서, 내가 제대로 끝낼 수 있는 일이 있기나 할까?

작은 일이라도 깔끔하게 끝마치는 경험을 해보는 것은 중요하다. 작은 태도들이 쌓여 습관이 되고, 그 습관들이 모여 인생의 방향을 결정할 테니까. 마가렛 대처의 말처럼 습관은 운명이 되니까.

자세를 고쳐 앉고 30% 더 힘을 내본다. 고민하고, 고쳐 쓰고, 갈아 엎으며 어떻게든 마지막 문장을 써본다. 어떻게든 마무리한 글들은 완결을 했음에도 여전히 100%가 아니다. 하품이 나오거나 한숨이 나온다. 그래도 어떻게든 완결을 짓는다. 글쓰기와는 비교도 안 될 정도로 큰일을 마주했을 때 도망가는 사람은 되지 않기 위해, 뒤끝이 좋은 사람이 되기 위해 이 글에도 어설프게나마 마침표를 찍는다.

# 스타데이트

어릴 때 〈스타데이트! 최고의 만남〉이라는 프로그램이 있었다. '라떼' 프로그램이라 설명을 덧붙이자면 스타와 팬이 만나 하루 종일 데이트를 하는, 그러니까 덕후가 계를 타는 프로그램이었다. 당시엔 SNS처럼 스타와 소통할 수 있는 매체가 없었기에 그 시절 스타들은 나와는 다른 차원에 사는 사람들 같았다. 방바닥을 긁으며 〈스타데이트〉를 보던 나에겐 부러움과 궁금함이 공존했다. '대체 저 행운에 당첨된 팬들의 정체는 뭘까? 나만 모르는 경로로 어디서 섭외가 되는 걸까? 우리집에 갑자기 섭외 전화가 걸려오지 않을까?' 하는 기적을 꿈꿨으나 역시나 그런 일은 일어나지 않았다. 내가 할 수 있는 일이라곤 그 프로그램에 god 오빠들이 나오지 않기만을 기도하는 것뿐이었다. (결국 나왔다.)

그때는 몰랐다. 언젠가는 나도 '스타데이트'의 주인공이 된다는 사실을.

그토록 염원하던 '스타데이트'의 기회는 나이 서른을 훌쩍 넘기고서야 찾아왔다. 밥벌이와 먹고살기에 치여 '스타'라는 존재가 내게서 사라졌을 즈음이었다. 당시 나는 출판사에서 편집자로 일하고 있었는데, 회사에서 당당히 할 수 있는 딴짓이란 저자 섭외 명목으로 이런저런 글을 읽는 것이다. 그날도 딴짓을 빙자해 커뮤니티들을 어슬렁거리던 나는 포털사이트 메인에 걸린 글 하나를 클릭했다. 별생각 없이 글을 읽어내리다가 점점 모니터 쪽으로 몸을 기울이게 됐고 마지막엔 거의 기함을 하고 있었다.

'아니, 이 사람은 누구지? 왜 이렇게 잘 쓰지?'

얼른 글 하단에 있는 작가의 이름을 찾았다.

한수희.

내게 다시 스타가 생긴 순간이었다.

그녀는 출간 작가였다. 당장 책을 주문해서 읽었다. 역시나 좋았다. 명치가 쩽해졌다가 내장이 간질간질해졌다가 불시에 품! 하고 웃음이 터져나오기도 했다. 어떤 문장들은 너무 벅차올라 잠시 책을 덮게 만들었다. 나는 죽었다 깨어나도 그런 글을 쓸 수 없을 것 같다는 좌절감에 우울해졌다가, 금세 다른 글을 읽고 싶어서 종종거렸다. 에세이라는 장르에 대해 갖고 있던 막연한 편견 - 가볍고 한가한 이야기일 것이라는 - 도 사라졌다. 생활의 때가 묻은 이야기로 산뜻한 메시지를 전할 수 있다는 걸, 가벼운 소재로 묵직하게 마음을 때릴 수 있다는 걸 알았다. 작가님의 모든 책을 섭렵했을 즈음엔 SNS까지 찾아가서 더 읽을 글이 없는지 기웃거렸다. 작가님은 나의 최애, 나의 GD, 나의 스타였다.

나는 쉽게 사랑에 빠지지 않지만 사랑에 빠지면 온몸을 던진다. 설레는 마음을 분출하지 않고서는 견딜 재간이 없었다. 내가 에세이 편집자였다면 당연히 출간 제안 메일부터 보냈겠지만, 나는 실용서 편집자였다. 젠장, 부서를 잘못(?) 택했다. 하지만 여전히 '여기 이렇게 멋진 작가 있어요!'라고 동네방네 소문내고 싶었다. 고민을 하다가 당시 운영하던 블로그에 작가님의 책을 소개하는 글을 올렸다. 두 손으로 꼭 짜낸 팬심 액기스를 고으고 고아 정성껏 보약을 달이는 마음으로 썼다. 대포 카메라로 최애의 가장 빛나는 순간을 담아 알리고 싶은 팬의 마음이란 이런 걸까. (아쉽게도 내 글 실력은 대포카메라 급이 아니라 큰 반향은 없었다.)

그로부터 몇 달 후, 메일이 한 통 왔다. 출판사에서 온 메일이었다. 작가님의 신간이 나오는데 내가 블로그에 쓴 글을 인용해도 되겠냐는 것이었다. 그 문구는 무려, 심지어, 띠지에 들어갈 예정이라고 했다! 작가님 책의 귀퉁이라도 차지할 수 있다니, 좋다마다 고민할 것도 없었다. 책이 나오고 나서는 그것이 마치 내가 쓴 책인양, 누가 보면 내가 작가님을 낳기라도 한 것처럼 여기저기 자랑하고 다녔다. 그리고 그것으로 그 해 쓸 운을 다 몰아썼다고 생각했는데 아직 운이 더 남아 있었나 보다.

당시 내가 살던 망원동 집과 5분 거리에 책방이 하나 있었는데, 작가님이 그곳에 일일 책방지기로 오신다는 소식을 들은 것이다. 작가님이 우리 동네에 납시다니! 그 시각, 마침 방에서 뒹굴고 있던 나는 '이건 분명히 운명'이라며 오두방정을 떨며 문제의 띠지가 둘러진 책을 들고 책방으로 향했다.

책방엔 정말로 작가님이 있었다. 심장이 얼굴에서 뛰고 있음을 느끼며 나는 사인을 받기 위해 수줍게 책을 내밀었다. 그때 갑자기 왜 그랬는지 모르겠지만, 불쑥 이 말이 튀어나왔다.

"이거 제가 쓴 거예요."

찰나의 순간, 작가님과 책방 관계자의 얼굴에 경계의 눈빛이 스쳤다. 분주한 네 개의 눈동자에서 '혹시 미친 사람인가?'라는 글자를 어렴풋이 읽었다. 뭔가 잘못됐다. 빠르게 상황을 되감기 해보니 긴장한 나머지 말을 이상하게 해버리고 말았다. 그건 원작자 앞에서 이 책 내가 쓴 책이라고 저작권을 주장하는 사람이나 할 법한 말이 아닌가. 나는 서둘러 뱉은 말을 수습했다.

"아니 아니, 이 띠지에 있는 글이요. 제가 쓴 거예요." (속으론 울고 있었다.)

그제야 굳어 있던 모두의 얼굴에 안도의 표정이 돌아왔다. 괜히 쓸데없는 말을 했다고 마음속으로 발버둥을 치며 작가님의 사인을 받아 들고 집으로 돌아왔다. 위기의 순간이 있었지만 그래도 작가님을 실제로 봤다는 게 꿈같았다. 흥분한 마음은 좀처럼 가라앉지 않았고, 그 후로 몇 번이나 책을 들춰보며 작가님의 사인을 확인했다. 그 여운으로 남은 생을 열심히 덕질할 준비가 되어 있었다.

그런데 얼마 후, 작가님의 SNS에 글이 하나 올라왔다. 누구를 찾는 글이었다. 찬찬히 읽어보니 나였다. 나를 찾는 글이었다!

글의 내용인즉슨, 띠지의 문구를 써주신 분을 우연히 만났는데 충분히 감사를 표하지 못하셨다고 밥이라도 사고 싶으니 연락을 주십사 하는 글이었다. 작가님과의 독대라니. 잠간, 이거… '스타데이트'잖아?

어릴 땐 '스타데이트'의 기회가 오면 고민할 것도 없이 달려 나갈 줄 알았는데, 선뜻 '그게 접니다!'라고 연락을 할 수가 없었다. 띠지 문구가 판매에 큰 도움을 줬을 리도 없고, 대단한 문장도 아니라 (그래 놓고 찾아가서 티 낸 사람) 민망했다. 더 큰 이유는 마음 한 편에서 작동한 방어기제 때문이었을 것이다. 평소 선망하던 사람들을 실제로 만났을 때 내 멋대로 만든 환상과 현실의 괴리에 나는 얼마나 자주 실망했던가. 혹시 내가 생각하던 작가님이 아니라면, 그래서 스타를 잃어버리면 어쩌지, 하는 걱정이 앞섰다. 하지만 '스타데이트'의 제안이란 너무나 달콤했다. 이 기회를 놓치면 평생 후회할지도 모른다는 생각에 용기를 내서 메시지를 보냈다.

며칠 후, 비 오는 홍대에서 작가님을 만났다. 커피도 마시고, 밥도 먹고, 술도 조금 마셨다. 어릴 때 본 그 어떤 '스타데이트'보다도 알찬 코스였다. 처음 몇 시간은 무슨 얘기를 했는지 기억이 나지 않는다. 왜냐면… 너무 떨렸다. 바지를 거꾸로 입은 사람처럼 어색하게 굴었던 기억뿐이다. 그 만남을 썸네일로 만든다면 '이 망할 입꼬리를 어떻게 해야 하지?' 하며 떨리는 입꼬리를 진정시키는 내 모습일 것이다.

볼썽사납던 나와 다르게 작가님은 내가 최대치로 상상한 것보다도 훨씬 더 멋있었다. 진중함과 겸손함, 배려심을 두루 갖춘 좋은 어른의 모습이었다. 그렇게 좋은 어른과 눈을 마주치며 대화하는 기회는 좀처럼 쉽게 오지 않는다. 그런 사람은 상대로 하여금 좋은 어른이 되고 싶게 만든다. 갑자기 팬이라며 나타난 모질이에게 손을 내밀어 주는, 띠지의 짧은 문장에도 감사함을 표현할 줄 아는 그런 어른 말이다.

대화가 편안해졌는지 맥주 몇 잔에 취한 건지, 어느새 나는 묻지도 않은 고민을 술술 털어놓고 있었다. 콘텐츠를 만드는 게 주업인데 30대가 넘어가니 20대들의 통통 튀는 감각을 따라잡을 수 없어 슬프다는 푸념이었다. (돌이켜보니 20대 때도 딱히 통통 튄 적은 없었다....) 내가 만든 콘텐츠가 너무 올드하고 고리타분한 것 같아서, 그게 꼭 나이 탓인 것만 같아서 잔뜩 위축되었던 시기였다. 내 고민을 유심히 들으시곤 작가님이 말하셨다.

"30대라서, 혜원 씨 나이라서 볼 수 있는 게 있을 거예요."

순간 마음에 징- 하고 진동이 울렸다. 어제까지만 해도 '내가 다섯 살만 어렸으면 더 기똥찬 카피를 뽑을 수 있을 텐데!'라며 개탄하던 나였는데 그 말을 들으니 내일이라도 30대만의 시야가 광각으로 열릴 것 같은 기분이 드는 것이었다.

적극적인 위로도, 무한한 응원도 아닌 담백한 한마디에 그렇게 마음이 놓이다니, 참 이상한 일이었다. 아마 내 나이를 통과한, 내가 좋아하는, 좋은 어른이 해준 말이라 마음 놓고 기댈 수 있었던 게 아닐까. 언젠가는 나도 후배들에게 눈을 맞추며 저렇게 담백한 조언을 해줄 수 있다면, 내가 좋은 어른이라 그 말에 힘이 실릴 수 있다면 좋겠다고 생각했다.

**이따금 제 인생이 신기하게 느껴질 때가 있습니다. 마음을 다해 좋아했을 뿐인데, 그것들이 지금 제가 발 딛고 서 있는 세계를 가득 채우고 있으니까요.**

— 정지혜, 《좋아하는 마음이 우릴 구할 거야》, 휴머니스트

'좋아하는 마음'에 대해 얘기할 때면 나는 작가님을 제일 먼저 떠올린다. 마음을 다해 좋아했을 뿐인데 만나게 되었고, 닮고 싶어졌고, 지금은 이렇게 글도 쓰고 있다. 정지혜 작가의 말처럼 그런 인생의 도미노 같은 우연이 신기하게 느껴진다.

어느덧 나에게도 후배가 많이 생겼다. 그중엔 나를 닮고 싶다고 말하는 후배도 있다. (정말...?) 좋은 어른이 되는 길은 요원해 보이지만, 누군가에게 내가 괜찮은 어른으로나마 기억된다면 그건 아마 그날의 만남 덕분일 것이다. 좋아하는 마음의

힘이란 어찌나 강한지, 그 마음들이 또 내가 사는 세계를 어떻게 채워나갈지 기대된다.

그 옛날 god 오빠들을 만나는 데 운을 쓰지 않고 아껴두어 얼마나 다행인지 모른다.

제2장

느슨해지는 연습

어느덧 '낙방 전문가'가 되며 내가 깨달은 것은, 세상은 넓고 잘난 사람은 발에 채이는 돌멩이만큼이나 많아서 낙방하는 일도 그만큼 숱하다는 사실이다. 돌멩이에 걸려 넘어졌다고 해서 세상 다 산 사람처럼 굴 필요는 없다. 그저 돌멩이에 걸려 넘어진 것뿐이니까.

# 어느 무신론자의 기도

종종 인생이 망할 것 같다는 불안함이 찾아올 때가 있다. 퇴사 후 오롯이 사업에 매달리며 불안이 찾아오는 빈도가 점점 잦아졌다. 불안은 금방 사라지기도 하지만 가끔은 단단히 자리를 틀고앉아 쉬이 사라지지 않기도 한다. 세상의 모든 프리랜서들이 이런 불안을 안고 살아가는 걸까, 아니면 각자 불안을 물리치는 노하우 하나씩은 갖고 있는 걸까? 그것도 아니면 나만 이렇게 불안한가?! 그럴 리 없다. 이 불안함이 나만 느끼는 감정이라면 너무 억울하다!

불안이 가라앉지 않을 때 나는 지웠던 앱 하나를 다시 깐다. 운세를 점쳐주는 앱이다. 이 앱에서는 사주와 타로 점을 비롯한 세상의 모든 점술을 만날 수 있는데 나는 주로 오늘의 운세를 확인한다. 운세가 좋으면 안도하며 그날 하루는 운명에 마음껏 나를 맡기고, 운세가 안 좋으면 함께 나오는 조언을 마음에 새기는 식이다. 처음엔 불안한 마음을 잠재우기 위해 보기 시작한 것이 이제는 루틴이 되어버렸다. 다섯 줄도 채 안 되는 운세 풀이에서 가끔 말도 안 되게 위로가 되는 말을 만날 때가 있다. 이를 테면 '새벽이 오기 직전이 가장 어둡듯 행운이 오기 전이 가장 힘든 것입니다', '당신은 천천히 나아가고 있으며, 당신이 탄 배는 언젠가 목적지에 도달할 것입니다' 같은 문장들이다. 평소에 읽었으면 진부함에 몸서리를 쳤을 테지만, 마음이 약해져 있을 땐 이런 표현들이 마음에 콕콕 박히는 법이다.

언젠가는 친구에게 내가 요즘 얼마나 불안한지 이런 것까지 본다고 하니, 친구가 "야, 나는 어떤 줄 아냐?" 하면서 핸드폰 화면을 보여줬다. 친구의 핸드폰에는 심지어 운세 앱만 따로 묶어 놓은 폴더가 있었다. '야, 너두?'라는 눈빛을 교환하며 우리는 한참을 웃었다. 웃음의 끝맛은 조금 씁쓸했다. 야, 너두 힘들구나.

30대 중반에 들어서며 바뀐 점이 있다면 깊은 고민을 친구들에게 쉽게 털어놓지 못한다는 것이다. 예전의 나는 친구들에게 고민을 털어놓으며 불안함을 해소했다. 상대가 기가 막

힌 해결책을 제시해줄 때도 있었지만 그렇지 않아도 상관없었다. 고민을 털어놓는 행위 자체로 마음이 한결 나아졌으니까. 하지만 이제는 얘기가 달라졌다. 인생의 홀쭉한 허리 구간 정도를 통과하고 있는 우리는 또다시 출발선 앞에 서게 되었다. 누구는 가정을 이루고, 누구는 직장에서 더 높은 위치로 발돋움하고, 누구는 직장 밖에서 새로운 일을 도모하며 저마다 인생 후반전을 향해 달릴 준비를 하고 있다. 삶의 모양이 달라진 만큼이나 고민의 모양도 달라졌다. 그러니 공감의 교집합이나 서로에게 할애할 수 있는 시간이 점점 줄어드는 것은 당연한 일일 것이다. 모두가 정신 없이 달려야 할 시기에 군이 친구들의 등에 나의 불안까지 얹고 싶진 않다. 이제는 혼자서도 불안을 다스리는 법을 알아야 하는 나이가 된 것이다. (그렇게 운세 앱을 맹신하게 되었다.)

**신을 믿든 그렇지 않든, 그럴 때 인간은 두 손을 모으게 마련이다. 정말이지 무엇이라도 잡고 싶을 때.**
- 김하나, 《내가 정말 좋아하는 농담》, 김영사

정말 그렇다. 힘이 들 때 나는 운세 앱을 켜기도 하지만, 기도를 하기도 한다. 종교가 없는데도 결국에는 두 손을 모으고야 마는 것이다. 《파이 이야기》의 파이처럼 세상의 모든 신에게, 가끔은 아빠에게 기도를 한다. 그럴 땐 인간이란 얼마나 유약한 존재인지 실감하곤 한다. 세상 무서울 것 없이 바벨탑을 쌓다가도 극한의 순간에는 하릴없이 두 손을 모을 수밖에 없는. 인간을 훨씬 넘어선 초월적인 힘을 찾는 행위는 운세 앱을 켜는 것과 다르지 않을 것이다.

운세 앱에 로그인하면 광고 팝업창이 우수수 뜬다. 대부분은 우울증 상담이나 심리 상담에 관한 것이다. 마음이 힘들어 운명에라도 기대고 싶을 때 이 앱을 켜는 사람이 나뿐이 아니라고 짐작했다. 그리고 감히 또 짐작해본다. 마음의 짐을 나누고 싶지 않아서 말을 삼키는 사람들의 마음을. 할 수 있는 것이 아무것도 없어서 결국은 두 손을 모으는 사람들의 마음을 말이다.

# 오늘도 발에 채인 행복

한동안 행복하지 않다고 느꼈다. 아니, 그건 분명히 '불행'이었다. 마음 한구석에 돌덩이 같은 묵직한 것이 똬리를 틀고 있는 느낌. 아침에 눈을 뜨는 게 싫고 그렇다고 잠에 들고 싶지도 않았다. 하루 종일 한숨만 푹푹 쉬어댔다. 주 7일을 출근하며, 내가 살기 위해 일하는 건지 일하려고 사는 건지 헷갈렸다. 보상은 달콤했지만 그 보상에도 무뎌지는 시기가 왔다. 이게 바로 말로만 듣던 '번아웃'일까?

가장 불행한 순간 나는 행복을 떠올렸다. 대체 '행복'이란 뭘까. 이렇게 열심히 사는데도 왜 행복하지 않지? 인생의 기본값이 원래 불행인 건가? 나에게 '행복'이란, 그게 뭔지는 정확히 몰라도, 어쨌든 지금은 가질 수 없는 것이었다. '행복한 미래를 위해 지금 고생하는 거야.'라고 주문을 걸며 당장은 몰라도 5년 후, 10년 후의 행복은 지독하게 챙기는 게 나였다. 좋은 아파트에 살면, 남들이 인정해주면 행복은 저절로 굴러 들어올 거라고 생각했다.

혼자서는 행복이 뭔지 도무지 답을 내릴 수 없어서, 친구들에게 행복을 캐물었다. 맛집을 갈 때 행복하다는 친구, 여행을 가는 게 낙이라는 친구, 길에서 만난 고양이가 쳐다봐주면 그걸로 그냥 끝이라는 친구까지 각자 행복을 느끼는 순간은 다양했다. 그리고 사소했다. 내가 그린 행복과는 전혀 다른 크기, 전혀 다른 형태의 것들이었다. 나는 생각했다. 그런 건 기껏해야 '기쁨' 정도지, '행복'은 아니란다.

그럴 때쯤 이 책을 만났다. 세상의 수많은 책 중에서 이 책을 한 달 간 세 번 정도 추천받았다. 신간이라 자꾸 눈에 밟히나 했는데, 나온 지도 꽤 오래된 책이다. 이 정도면 운명이라는 걸 인정하고 책을 펼쳐야 한다.

'소확행'이라는 말이 등장했을 때 한편으로 걱정도 됐습니다. '소소하고 확실한 행복'에 대비되는 뭔가 대단히 이상적인 행복이 어딘가에 있을 것만 같아, 오히려 사람들이 자신의 행복을 가볍게 여기는 추세가 있었습니다. 그러나 원래 행복은 그런 거였습니다. 소소함. 홀로 소소하게 행복했던 시간들이 있었습니다. 어느 순간 그 시간들을 머릿속 비좁은 방에 억지로 밀어 넣고는 '난 지금 행복해서는 안 돼'라는 주문과 함께 문을 닫아버린 후, 사소한 행복의 디테일이 내 자전적 기억에서 사라졌을 테지만요.

- 허지원, 《나도 아직 나를 모른다》, 김영사

아니, 작가님... 절 아시나요...? 나는 줄곧 행복과 일상을 떼어놓고 생각했다. 행복은 행복이고 일상은 일상이라고. 행복은 너무 고귀하고 거대한 것이라 일상 따위와 감히 섞일 수 없다고 선을 그었다. 그런데 행복의 본질이 '소소함'이라니.

그러고 보면 내 주변 사람들은 일상에서도 행복을 잘만 발견하고 있었다. 널려 있는 행복들을 도토리 줍듯 모아서 수시로 꺼내먹었다. 모두 내 눈 앞에도 있었지만 무시하고 지나쳤던 것들이다. 가족과의 시간도 나중에, 하늘을 보는 것도 나중에, 여행도 나중에. '나중에'라는 말 뒤로 내가 줍지 못한 행복은 몇 바구니나 될까.

얼마 전 디즈니-픽사의 애니메이션 〈소울〉을 보며 마음이 좀 힘들었다. 주인공 조에게 과몰입을 한 탓이다. 주인공 조는 뉴욕에서 음악 선생님으로 일하고 있다. 학생들을 가르치는 지루한 일상을 버티는 힘은 재즈 밴드의 뮤지션이 되겠다는 꿈이다. 조는 그토록 동경하던 뉴욕 최고의 재즈 밴드와 협주를 하게 되고, 입단 제의를 받는다. 드디어 평생 간직해 온 꿈을 이룬 것이다. 인생 최고의 날, 조는 꿈에 부푼 눈빛으로 밴드를 이끄는 도로테아에게 묻는다.

"이제 어떻게 되는 건가요?"

조의 물음에 도로테아는 심드렁하게 대답한다.

"내일 밤에 다시 와서 이걸 반복하는 거죠."

그 순간, 조는 깨닫는다. 꿈이 현실이 된 순간, 그건 또 다른 일상이 되어 반복될 뿐이라는 것을. 그 장면을 보던 내 표정도 조의 벙찐 표정과 다름 없었을 것이다. 결국 조가 발견한 행복은 바람에 흩날리는 나뭇잎, 풍경을 빛내는 초록, 늘 곁에 있던 가족들이다. 지루하고 사소하지만 소중한 것들.

인생에서 행복했던 순간을 돌아보면, 그리 큰 이벤트가 아니었다. 어릴 적 옥상 평상에서 가족들과 둘러앉아 토마토를 잘라 먹던 기억, 동생과 간 외국 여행에서 배를 놓쳐서 캐리어를 끌고 항구를 전력 질주한 기억, 추운 겨울 남자친구와 카페를 찾아가며 장갑을 나눠 끼었던 기억. 그렇게 행복은 일상에 촘촘하게, 행복이 아닌 척 다른 얼굴을 하고 끼어 있었다. 그런 시간들은 기억 속에서 오래 영글고 여물어서 힘들 때마다 꺼내 먹을 수 있는 행복이 되겠지.

행복을 조금 더 만만하게 바라보고 싶다. 쉽고 흔하고 편한 편의점처럼 생각하고 싶다. 행복은 원래 그런 것이니까. 여기저기 발에 채이는 것이, 당장이라도 손에 쥐려면 쥘 수 있는 것이 행복이니까. 남편과 맛있는 저녁을 먹으며 오늘의 만만한 행복을 꽉 쥐어봐야겠다.

# 낯선 사람에게 칭찬하기

기억에 남는 칭찬을 몇 개 떠올려보자. "내가?" 하고 스스로를 놀라게 한, "어우야~ 내가 무슨~" 하고 손사래를 치면서도 은근히 입가에 미소가 번지게 만드는 그런 칭찬. 나의 경우 그런 칭찬들은 대개 친한 사람들보다는 약간의 거리가 있는 사람들에게서 전해졌다. 지금은 가끔 얼굴이나 떠올릴 정도의 인연들이다. 가족이나 친한 친구들이 나를 가장 잘 알 것 같지만, 가까운 사람들은 익숙함에 가려져 상대의 장점을 발견하지 못할 때가 많다. 그에 대해 구태여 말하지 않기도 한다. 그건 어쩐지 부끄러우니까. 혹은 너무 당연한 사실이니까. 이런 저런 이유로 뼈 있는 칭찬은 낯선 사람들에게서 더 자주 전해졌다.

출판사에서 편집자로 일하며 기획에도 저자 섭외에도 도무지 재능이 없는 것 같아 괴롭던 시절이 있었다. 10년을 일해왔지만 내가 하는 일에 확신이 들지 않아 자존감은 나날이 낮아졌다.

"혜원 씨는 글을 세련되게 바꾸는 걸 잘하잖아요."

그때 내게 그 말을 해준 사람은 상사도, 동료도 아닌 외주 편집자 선생님이었다. 작업 외엔 따로 연락을 나누지 않고 책이 나오면 일 년에 한두 번 얼굴을 볼까말까 한 사이였다. 그분에게 들은 말은 회사 내에선 한 번도 들어 보지 못한 말이었다. 회사에서는 서로가 뭘 잘하는지보다는 당장 뭘 해야 하는지를 얘기하기에 바빴으니까. 매출이나 판매 부수 같은 숫자가 간단하게 그 사람의 능력을 대변해주니까.

"에이~ 제가 무슨요."

자신감 없는 사람들은 칭찬을 흡수하지 못한다. 그때의 나도 손사래를 치며 열심히 칭찬을 튕겨냈다. 그러자 선생님은 내 눈을 똑바로 쳐다보고 말했다.

"아니에요, 혜원 씨는 그게 탁월해요."

탁월… 탁월하다고…탁월이라니… '탁월'하다는 말을 들은 건 처음이었다. 원래 문어체를 구어로 사용하는 분이었지만, 그건 '최고예요', '대박', '완전 짱' 같은 말과는 비교도 되지 않을 정도로 기분 좋은 칭찬이었다. '탁월'이라는 말이 머리에 둥둥 떠다녔다. '다른 건 못해도 윤문은 괜찮은가? 아니, 무려 '탁월'하다잖아!' 하는 생각이 바람 빠진 자존감에 열심히 펌프질을 해댔다. 그때부턴 문장을 더 열심히 고쳤다. 탁월한 이 기술을 살려서 나중엔 뭘 할 수 있을지 고민했다. 지금은 그분과 따로 연락을 하지 않지만, 퇴사 소식을 알리며 그때 그 말이 큰 힘이 되었다고 감사 메일을 남겼다.

실은 별생각 없이 한 말일 수도 있다. 내게서 무기력이나 권태, 못남의 낌새를 발견하곤 격려차 건넨 말인지도 모른다. 아니면 다른 사람의 장점에 관대한 성격일 수도 있다. 그분의 기준에는 탁월한 사람들이 도처에 널려 있을지도 모른다. 이렇게 그분의 의중을 헤아리다가 불현듯 깨닫는다. 타인이 무심코 던진 한마디가 누군가에겐 이렇게 몇 년을 반추할 정도로 커다란 파동을 남길 수도 있다는 것을. 머릿속 어딘가에서 부표처럼 떠돌다가 삶이 녹록지 않을 때 짠, 하고 나타나서 등을 두드려줄 수도 있다는 것을. 어쩌면 이건 낯선 사람이 할 수 있는 일 중 가장 멋진 일인지도 모른다.

**타인의 피드백은 내 행동이 적절했는지 평가하기 위한 유용한 도구일 뿐 아니라, '나 스스로에 대한 느낌, 상(像)'을 형성하는 데에도 상당한 영향을 끼칩니다. 그리고 그런 다양한**

**피드백 중 가장 달콤한 것이 바로 칭찬과 인정입니다.**

- 이동귀, 이성직, 안하얀, 《나 좀 칭찬해 줄래?》, 타인의 사유


만물 '자존감'으로 귀결되는 시대라 타인의 평가에 휩쓸리지 말아야 한다고 하지만, 타인의 칭찬과 인정은 달콤하다. 때론 내가 나를 믿는 믿음보다 타인의 한마디가 훨씬 더 묵직하게 닻을 내려 자존감을 우뚝 세워주기도 한다.


누군가의 낯선 사람이 되어주면 어떨까? 그 사람의 친한 사람은 발견하지 못했을, 알고 있지만 굳이 들추지 않았을 장점을 들춰주는 낯선 사람이 된다면. 그 장점은 나와 그 사람의 거리에서만 발견될 수도 있으니, 나밖에 말해주지 못하는 것일지도 모른다.

대놓고 칭찬을 하는 건 언제나 부끄러운 일이다. 상대가 민망해하면 나도 어떻게 반응해야 할지 몰라서 뚝딱거린다. '뭐야, 이 사람 친하지도 않으면서 나한테 왜 이래?' 하는 반응이 돌아온다면...? 상상하고 싶지 않다. 하지만 내가 건넨 한마디가 누군가에겐 몇 년이고 머릿속을 맴돌며 힘이 될 수도 있다고 생각하면 용기가 난다.


나는 요즘 그런 연습을 하고 있다. 상대의 '탁월'을 발견하

는 사람이, 부끄러워도 그것을 전하는 사람이 되는 연습을.
(어디선가 가까운 사람들에게나 잘하라는 가족들의 아우성이
들리는 건 기분 탓이겠지.)


　　세상에서 아름답고 의미 있는 일들의 대부분은 낯선 사람
과 과감하게 말을 터보면서 시작된다. 속이려 드는 사람을 당
해내긴 어렵지만, 위험은 감수할 가치가 있다.

- 김지수의 〈인터스텔라〉, 말콤 글래드웰 인터뷰, 조선일보

# 하농을 연주하는 시간

피아노를 배우게 된 건 스트레스 때문이었다. 그즈음 나는 피아노를 타악기라고 생각하고 있었다. (피아노는 건반악기 다. 현을 때려서 소리를 내기 때문에 타현악기로 분류되기도 한다.) 잡념 없이 피아노를 쾅쾅쾅 두들기면 스트레스가 풀 리지 않을까 기대한 것이다. 게다가 피아노라니, 멋있기까지 하잖아!

성인 대상 피아노 학원에 등록하던 날, 선생님은 피아노를 왜 배우려고 하냐고 물었다. 그럴듯한 이유를 댈까 하다가 솔 직히 대답했다.

"그게... 스트레스를 풀고 싶어서요."

선생님은 웃으며 요즘 직장인들이 스트레스 해소를 위해 많 이 등록한다고 했다. 오... 번지수를 제대로 찾아온 것 같다.

피아노를 처음 배우는 건 아니었다. 어릴 때 다닌 피아노 학원에서 체르니까지 뗀 '경력'이 있다. 하지만 피아노를 마지막으로 연주한 건 20년도 훌쩍 지난 일이다. 첫 레슨에서 나는 자전거를 떠올렸다. 오랜만에 타도 몸이 감각을 기억해서 금세 페달을 돌릴 수 있는 자전거 말이다. 역시나, 건반에 손을 대자 거짓말처럼 옛날 기억이 살아나며 손가락이 건반 위에서 춤을 추기 시작...하는 일 따윈 일어나지 않았다. 오선지는 모스부호처럼 보였고, 손가락은 흰 건반도 검은 건반도 아닌 곳에서 애처롭게 허우적거리고 있었다. 음표 이름부터 건반을 누르는 방법까지 차근차근 다시 배워야 했다. 피아노는 타악기도 아니고 자전거도 아니었다. 나는 피아노에 대해 아는 것이 없었다.

피아노 문외한인 내가 가장 좋아하는 시간은 하농을 연주하는 시간이다. 하농은 다섯 손가락을 고르게 훈련시키기 위한 연습곡으로, 비슷한 멜로디 몇 소절이 끊임없이 반복되는 것이 특징이다. 어릴 땐 하농이 제일 싫었다. 피아노 선생님은 한 곡을 완주할 때마다 바를 정(正) 자를 한 획씩 긋게 했는데, 바를 정이 2개 완성되어야 그날의 수업을 끝낼 수 있었다. 그 시간은 늘 고역이었다. 빨리 끝내고 싶은 마음에 몰래 한번에 두 획씩 긋기도 했다. 어른이 된 지금, 하농을 만나는 기분은 다르다. 처음엔 손가락이 꼬인다. 이건 마치 왼손으로는 네모를 그리고 오른손으로는 세모를 그리는 게임 같다. 보통 그 게임의 결말은 두 손 모두 세모를 그리고 있는 꼴 사나운 내 모습을 마주하는 것이다. 꼴 사납게 손가락이 꼬이는 고비를 넘기고 건반이 다섯 손가락에 착 붙는 듯한 느낌이 들면, 그때부터는 손가락이 기계적으로 움직인다. 그 순간 느껴지는 작은 성취감이 좋다.

**나는 '하면 된다'라는 말을 싫어한다. (중략) 그 말은 '된다'라는 결과를 빌미로, 남을 또는 나 자신을 가두거나 낭떠러지로 밀면서 몰아세우고 강요한다. 무조건 하면 되는 게 아니라 좋아서 곁에 두니까, 마침내 되는 거다.**

- 김여진, 《피아니스트는 아니지만 매일 피아노를 칩니다》, 빌리버튼

피아노를 배우면서, 2년 전에 읽었던 이 책을 다시 펼쳤다. '그냥 좋아서' 매일 피아노를 친다는 작가의 에세이다. 피아니스트는 아니지만 작가는 피아노에 매우 진심이다. 매일 매일 수련하듯 피아노를 치고, 좀처럼 넘어가지 않는 구간에서 좌절하다가 울기도 한다. 2년 전엔 이해할 수 없었다. 그저 취미 생활일 뿐인데 왜 이렇게까지 잘하고 싶어 하는지. 이제는 그 마음을 어렴풋이나마 짐작할 수 있을 것 같다. 불가능

할 것만 같던 소절을 매끄럽게 넘길 때의 손맛을 아주 조금은 알게 되어서일까. '노력은 배신하지 않는다'는 따분한 명제가 진실이 되는 순간을 경험했기 때문일까.

더 이상 타악기처럼 피아노를 두들기는 내 모습을 떠올리지 않는다. 대신 섬세하게 건반을 눌러 곡을 연주하는 나를 그려본다. 스트레스를 풀기 위해 시작한 피아노가 또 다른 스트레스가 될 것 같은 예감이 들지만, 좋아하는 마음으로 곁에 두면 마침내 되겠지.

# 느슨해지는 연습

피아노 연주곡을 하나씩 연습하고 있다. 초보자 버전의 쉬운 악보를 연습하는데도 한 곡을 완성하는 데 몇 주가 걸린다. 피아노의 좋은 점은, 연습한 만큼 어느 정도 결과로 돌아온다는 것이다. 인생에선 내가 들인 노력만큼 결과로 돌아오지 않는 경우가 부지기수라 이런 경험은 정말이지 귀하다.

하루에 한 시간씩 연습하면 어느 정도 음이 손에 익고, 어느 순간부터는 악보 없이도 연주가 가능해진다. 비록 강약도 없고 기승전결도 없는, 음 하나하나 따라가기 바쁜 수준이지만, 피아노를 연주할 때의 나의 무드는 피아니스트 조성진 부럽지 않다. 한 번도 음이 엇나가지 않고 완주했을 때의 희열은 피겨 스케이팅 선수 김연아의 '클린' 연기를 볼 때의 짜릿

함과 맞먹는다. (피아노는 자존감도 단단하게 만들어준다.)

그런데 이걸 징크스라고 해야 할까. 매번 반복되는 기이한 현상이 있다. 정신을 똑바로 차리면 그 즉시 연주가 망해버리고 만다는 것이다. '다음 음이 뭐지?' 하는 순간 머리가 하얘지고 손가락은 허우적거리고 있다.

피아노 학원에서는 곡을 어느 정도 익히면 연주하는 모습을 녹화해준다. 학원생의 연주를 객관적으로 보기 위해 영상을 찍는 건가 했는데, 그게 아니었다. 이유는 단순했다.

"SNS에 올리시라고 찍는 거예요."

얼마 전 최은영 작가가 '피아노는 들고 다닐 수 없으니 어디서 자랑하기도 힘들다'고 말한 인터뷰를 보고 격하게 공감한 기억이 났다. 나도 처음으로 한 곡을 마스터했을 땐 피아노를 지고 다니면서라도 동네방네 자랑하고 싶었다.

"제가 이제 〈합창 교향곡〉을 칩니다, 여러분!"

그러니 연주 녹화 동영상은 피아노 초심자들의 폭발하는 자신감과 그것을 만족시킬 수 없는 피아노의 물리적 한계를 깔끔하게 해결할 수 있는 묘안이었다.

하지만 아쉽게도 나는 이 녹화 영상을 제대로 써먹은 적이 없다. 녹화 버튼 눌리는 소리가 들리는 순간, 두뇌 풀가동 모드가 되면서 어김없이 어깨에 힘이 바짝 들어가버리기 때문이다.

'실수하지 말아야 한다, 잘해야 한다, 근데... 다음 음이 뭐였지?'

'다음 음'을 의식하는 순간 백 퍼센트 망한다. 연습할 땐 한 번도 틀리지 않던 부분에서 실수를 연발하고 머릿속엔 베토벤의 〈운명〉이 들려온다. 꽈과과광... 선생님은 아무 말도 안 했는데 거의 울면서 변명한다.

"선생님, 저 진짜 연습할 땐 이거보다 훨씬 잘 치거든요.ㅠㅠ"

**힘을 빼는 건 생각보다 어려운 일이다. 줄 힘이 처음부터 없으면 모를까, 힘을 줄 수 있는데 그 힘을 빼는 건 말이다. 힘을 좀 뺀 것들이 세상의 긴장을 좀 더 유연하게 만든다.**

- 김하나, 《힘 빼기의 기술》, 시공사

그러고 보니 두 눈 부릅뜨고 어깨에 힘 빡 주고 연주하는 피아니스트를 본 적이 있던가? 피아니스트들이 축 늘어뜨린 팔은 물결에 휩쓸리는 미역을 연상하게 한다. 힘 없이 흐늘거리다가 살랑살랑 춤을 추듯 움직이기도 한다. 그 와중에 손가락은 유려하게 건반을 움직인다. 그러다가 절정의 순간에서는, 비로소 마법의 장막이 걷히고 깨어난 영혼들처럼 생동감 있게, 과감하게 건반을 두드린다. 그들은 알고 있겠지, 관객이 몰입으로 가는 길로 인도하는 건 힘 빼기의 느슨함이라는 것을. 힘을 주는 것만큼이나 빼는 것이 중요하다는 것을.

　너무 열심히 하려 애썼던 순간들을 떠올린다. 잘하고 싶어서, 완벽하고 싶어서 모든 곳에 악센트를 때려 넣었던 순간들을. 하지만 클라이막스로만 채워진 노래가 부담스럽듯, 알록달록한 꽃만 모아 만든 꽃다발이 묘하게 촌스럽듯, 긴장과 열심만으로 무장한 일들은 뻣뻣했고 영 멋이 없었다.

　수천 번을 실패한 강백호의 풋내기 슛도 '왼손은 거들 뿐'일 때 완성됐다. 힘 주기로 성공시킨 슬램덩크는 멋있었지만, 그가 힘 빼기의 기술을 터득하지 못했다면 북산이 전국대회까지 올라가는 일은, 그리하여 산왕전에서 승패를 가른 점프슛을 성공하는 일은 결코 일어나지 않았을 것이다.

　힘을 빼야만 비로소 완성되는 순간도 있다는 걸 피아노를 치며 배운다. 어깨에 힘을 빼고 느슨하게 연주해봐야지.

　근데 다음 음이 뭐였더라.

# 행복학 천재

내가 아는 사람 중 행복 지수가 가장 높은 사람은 은공이다.

리본을 좋아하는 은공이는 머리에 항상 왕 리본 핀을 꽂고 다닌다. 옷 어딘가에도 왕 리본이 있다. 왕 리본이 없는 옷엔 왕 리본 정도의 존재감이 있는 프릴이나 브로치 같은 무언가가 달려 있다. 은공이를 만날 땐, 애써 어디 있는지 찾지 않아도 요란한 형체로써 그 애를 인식할 수 있다. 그 애를 발견하면 나는 멀리서부터 온몸으로 '난 지금 네가 굉장히 부끄럽다'라는 기운을 발산한다. 하지만 은공이는 아랑곳하지 않는다. '넌 언제까지 그렇게 입고 다닐 셈이냐'며 비난도 해보지만, 그건 은공이가 전혀 아랑곳하지 않을 걸 알기에 하는 말들이다. 사실 그건 부끄러움이 아니라 부러움의 표현일지도 모른다. 자기가 무엇을 좋아하는지 알고 그것을 스스럼 없이 표현하는 태도에 대한 부러움.

은공이의 일상은 안온하다. 은공이가 웬만한 일은 웃어넘기는 성격이라, 멀리선 그저 평화롭게 보이는 걸지도 모른다. 하지만 나는 그 애가 세상 무너질 듯 한숨을 쉰다거나(내가 잘 하는 것), 주어진 환경이나 운명에 불평하는 것(내가 잘 하는 것2)을 본 적이 없다. 은공이는 인터넷 뱅킹도 쓸 줄 모르고 요즘 집값이나 주가 같은 것에는 관심이 없다. 그럼에도 가뿐하게 산다. 나라면 지루하다고 느낄 일상에서 행복을 잘도 발견한다. 어제는 야식으로 떡볶이를 먹어서 행복하고, 오늘은 예쁜 구름을 봐서 행복한 식이다. 은공이가 행복을 느끼는 방식을 보면 조금 약이 오르기도 한다. 그건 마치 먼저 찾는 사람이 임자인 보물 찾기를 떠올리게 한다. 혹은 돌멩이를 줍고 '이게 내 행복'이라고 이름 붙이면 돌멩이가 보석이 되는 게임 같은 것. 아무튼 그 애에게 행복은 늘 손을 뻗으면 닿는 것이다.

얼마 전 은공이는 올해의 세 가지 목표를 다 이루었노라고 자랑스럽게 말했다.

"세 가지 목표가 뭐였는데?"

"파마하기, 사랑니 뽑기, 운전면허 따기."

"그건 목표가 아니라, 주간 계획 정도 아니냐?"

나의 비아냥에도 은공인 특유의 '아랑곳하지 않기'로 응수했다. 그저 올해 목표를 다 이루어서 만족스럽다며 흐뭇해할 뿐이었다. 나로 말하자면, '미용 기능사 자격증 따기'면 몰라도 '파마하기'가 목표가 될 순 없는 사람이다. 목표가 된다고 해도 오늘의 목표지, 올해의 목표가 될 순 없다. 절대로.... (가진 것에 비해 욕심 많은 사람, 나야 나.)

어느 날, 여느 때처럼 '습관성 리모콘 누르기'로 TV 채널을 돌리다가 한 채널에서 반사적으로 손이 멈췄다. 화면 모서리에 자리한 프로그램의 제목, '행복해지는 방법'에 반응한 것이다. 그건 요새 내가 가장 골몰하는 주제였다. 강연자는 칠판에 '행복의 공식'이라고 거침없이 적어내렸다. 아이고, 행복을 공식화하는 게 가당키나 한 일인가? 그럼 내가 수학을 못해서 불행한 건가? 역시 문과는 안 되는 건가(?) 코웃음을 치면서도 행복해지고 싶긴 했는지 화면에서 시선을 떼지 못했다. 강연자가 말한 행복의 공식은 이것이다.

$$\text{행복의 공식} = \frac{\text{성취하는 것}}{\text{바라는 것}}$$

그 공식에 따르면, 성취하는 것을 늘리거나 바라는 것을 줄이는 것, 둘 중 하나만 하면 행복해질 수 있다는 것이다. 그

때 나는 은공이를 떠올렸다. 바라는 걸 줄이고 성취하는 걸 늘리는 방식으로 행복에서 허우적거리는 '행복의 공식'의 산 중인을. 어쩌면 은공이 행복학 천재일지도 모른다. 그래서 그런 공식 따위 계산하지 않아도 나날이 더 행복해질 수 있는 건지도.

공식으로 보면 간단해 보이지만, 사실 바라는 걸 줄이거나 성취하는 걸 늘리는 일은 결코 쉬운 일이 아니다. 바라는 걸 줄이는 게 쉬운 일인가? 나는 이것도 하고 싶고 저것도 되고 싶다. 성취하는 걸 늘리는 일은 또 어떤가. 그건 내 맘대로 할 수 있는 일이 아니다. 내가 아무리 열심히 해도 환경, 타이밍, 행운, 기타 등등 수백 가지도 넘는 요인이 들어맞지 않으면 성취란 요원해진다. 행복해지는 공식은 보기에만 간단했지, 막상 풀려고 하니 답까지 가는 길은 너무나 아득한 것이었다.

결국 비등비등한 난이도지만 후자보다는 전자가 내 선에서 어떻게든 해볼 수 있겠다는 결론에 이르렀다. 성취하는 것을 늘리기보다는 바라는 것 줄이기에 먼저 도전해보기로 한다. 내년의 목표를 사소한 것들로 채워봐야지.

아무리 그래도… '파마하기'는 아닌 것 같다.

**저는 쾌락은 일회적이라고, 행복은 반복이라고 생각해요.**

쾌락은 크고 강렬한 것, 행복은 반복되는, 소소한 일상에 있는 일들이라고. 그래서 제가 항상 이야기하는 습관론이 나오게 되는데, 행복한 사람은 습관이 좋은 사람인 거예요. (중략) 우리 삶을 이루는 것 중 상당수는 사실 습관이고, 이 습관이 행복한 사람이 행복한 거예요.

- 이동진, 《이동진 독서법》, 위즈덤하우스

# 밑줄 긋기의 일탈

책 읽는 사람은 두 부류로 나뉜다. 책을 귀하게 다루는 사람과 막 다루는 사람. '막' 다룬다는 말은, 책에 밑줄도 긋고, 메모도 하고, 인덱스 스티커를 빼곡하게 붙여 놓고, 심지어 휴대하기 편하게 찢어서 다니는 사람들을 말한다.

나는 단연코 전자다. 책에 밑줄을 긋는 건, 내겐 도저히 할 수 없는 일이다. 횡단보도의 하얀 선을 밟지 않는 사람들의 일처럼, 내겐 책에 밑줄을 긋는 일이 그런 것이다. 하지 않다 보니 할 수 없는 것이 되어버린 것. 그저 책 귀퉁이를 소심하게 접어둔 다음, 좋은 구절을 독서 기록 앱에 하나하나 타자로 옮겨 적을 뿐이다. 나는 왜 밑줄을 긋지 못할까. 누군가가 몇 달 몇 년을 머리를 쥐어뜯으며 만든 결과물임을 알기 때문일까? 책은 신성한 것이라 배워서일까? 어쩌면 나를 먹고살게

해주는 게 책이기 때문일지도 모르겠다. 나의 '밥신'에게 그 런 불경스러운 일을 할 수 없는지도.

그러다가 제주도 여행에서 들른 책방에서 나는 독서 인생 의 전환점을 맞이한다.

여행지에 가면 으레 책방에 들른다. 동네 책방 특유의 차분 한 분위기가 여행의 달뜬 기분을 가라앉혀준다. 아무도 시키 지 않았는데 모두가 정숙한, 그 사이로 느리게 흐르는 공기가 좋다. 조천읍에 있는 작은 책방엔 책방 주인이 적은 글귀가 포스트잇으로 듬성듬성 붙어 있었다. 정말로 책이 좋아서 책 방을 하는 사람의 마음이 전해졌다. 포스트잇의 글귀들이 좋 아서 하염없이 읽다 보니 한참을 책방에 머물렀다. 그러고 나 니 책을 안 사고 나가기 조금 미안한 마음이 들었다. 가볍게 읽을 수 있는 페이퍼백의 에세이를 한 권 집었다. 그리고 남 편에게 사달라고 했다. 선물 강매.

책방 주인은 한 번 써보시라며 작은 플라스틱 책갈피를 끼 워 주셨다. 책갈피엔 작은 연필심이 달려 있었다. '밑줄을 그으 며 읽으라는 거군.' 귀여운 아이디어에 감탄했지만, 그 책갈피 는 쓰지 않을 셈이었다. 난 밑줄을 긋지 않는 사람이니까.

서울로 돌아가는 날, 짐을 싸며 책갈피 연필심을 따로 빼놓았다. 여행 가방에서 김치깨나 터뜨려본 사람으로서, 연필심이 부러지며 연필심 파편과 검은 얼룩이 낭자해지는 참사만은 막고 싶었다.

버리려고 빼둔 걸 부득부득 챙긴 사람은 남편이었다. 자기가 해 준 선물(의 증정품)인데 쉽게 버리는 것이 맘에 들지 않는 눈치였다. 남편은 '그 연필 부러지면 어쩔 거냐'는 나의 만류에도 기어이 연필심을 서울까지 모셔왔다. 마치 고급 접시라도 되는듯 섬세하게.

"봐, 안 부러졌지?!"

남편이 의기양양하게 내 앞에 온전하고 무결한 모습의 책갈피를 내려놓았다. 바다 건너 고이고이 책갈피를 모셔온 남편과 제주도부터 나를 따라온 책갈피. 그들을 보고 있노라니, 문득 이런 생각이 들었다.

'한 번 그어볼까?'

사실 늘 궁금했다. 책에 밑줄을 긋는 건 어떤 느낌일까.


책을 펴고 밑줄을 그어보기로 했다. 밑줄을 그을 부분은 생각보다 일찍 찾아왔다. (이 작가는 왜 이렇게 잘 쓰는 걸까.)

천천히 밑줄을 그었다.


**대단하지 않아도, 깊은 의미 같은 건 없어도 그저 좋아하는**

세계가 있어서 나는 종종 스스로 부자라고 느낀다. 그렇게 좋아하는 마음을 좀 더 단단히 쥐어본다. 그렇게 내 삶을 조금 더 좋아하는 쪽으로 이끌어본다.

- 김민철, 《치즈》, 세미콜론

처음엔 종이를 스치며 서걱거리는 연필심의 감각을 의식했다. 가벼운 백상지(모조지)를 사용한 모양이다. 매트지라면 이런 거친 질감이 느껴지지 않겠지. 연필로 밑줄 긋기엔 모조지가 제격이구나. 잠시 편집자 모드로 전환되었다가 이내 독자 모드로 돌아왔다. 밑줄을 긋는 동시에 글자 하나하나를 곱씹었다. 그런 점에서 이 행위는 아주 소극적인 필사 같기도 했다. 동시에 적극적인 참여이기도 했다. '작가님! 저도 이런 경험한 적 있어요!' 혹은 '이런 생각은 한 번도 해본 적 없어요!' 하며 밑줄로 외치는 것이다. 한 줄을 긋고 나니 금세 또 밑줄 그을 곳을 찾았다. 밑줄을 긋는 손맛이 마음에 들었다. 아니 고작 책에 밑줄 한 줄 그었을 뿐인데. 이 기분은 뭐란 말인가. 그건 다름 아닌, 방금 자신만의 금기를 깬 사람만이 느낄 수 있는 작고 귀여운, 하지만 더없이 짜릿한 일탈감이었다.

책이 재미있어서 남편에게도 읽어보라고 권했다. 남편은 내가 그어 놓은 밑줄을 한 번 더 눈에 담겠지. 책에 밑줄을 긋는 것. 그건 책을 막 다루는 게 아니라, 온전히 내 것으로 만들어 아끼는 방식일지도 모르겠다.

> **당연시하며 계속 해오던 일을 그만두는 것에는 때로 용기가 필요해요. 그렇기에 '그만 두었을 때' 삶의 변화는 상상했던 것보다 훨씬 큰 법이지요.**
> — 이치다 노리코, 《어른이 되어 그만둔 것》, 드렁큰에디터

서른세 살을 기점으로 신곡을 듣지 않는다는 기사를 읽고 혹시나 싶어서 내 플레이리스트를 살펴봤다가 깜짝 놀랐다. 아니, '원타임(1TYM)'이 왜 거기에…. 이제는 노화의 현상으로 물리적으로 새로운 것을 거부하는 나이가 (이미 한참 전에) 되어버린 것이다. 그 시기가 이치다 노리코가 말한 '당연하게 계속 해오던 일을 그만 두는 것에 용기가 필요해지는' 시기와 겹치지 않을까, 생각했다.

가끔은 이유 없이 깨지 않고 있는 금기가 있는지 살펴보자. 무언가에 도전했을 때 얻는 기쁨도 있지만, 무언가를 그만 두었을 때 비로소 발견하게 되는 기쁨도 있으니까. 책에 밑줄을 긋는 것만으로도 세상에 태어나 처음 느끼는 종류의 기쁨을 맛본 것처럼 말이다.

# 낙방의 기술

취업을 하고 나서는 '낙방'이나 '탈락', '실패'라는 단어를 모르고 살았다. 내가 너무 잘나서 하는 일마다 잘 풀려서였다면 좋겠지만 애석하게도 그럴 리가 없다. 아무 일도 하지 않아서 아무 일도 일어나지 않은 것뿐이다. '낙방', '탈락', ' 실패' 같은 단어들은 보통 '응시', '응모', '도전' 같은 단어에 뒤따라오는 것인데, 나는 도전은커녕 맡은 일도 버거워 허우적대고 있었으니.... 어떤 사람들은 직장을 다니면서도 이직 '지원', 공모전 '공모', 자격증 시험 '응시' 같은 걸 했다. 합격의 기회뿐 아니라 낙방의 기회 역시 그런 사람들에게만 주어지는 것이었다.

그러다 보니 오해가 생겼다. '내가 안 해서 그렇지, 하기만 하면 잘하지', '내가 지원하면 무조건 합격이지.' 하는 오해 말이다. 도전을 안 하는 것뿐이지 하기만 하면 누구못지 않게 잘 해낼 수 있다는 착각. 손만 뻗으면 세상이 내 손을 잡아줄 거라는 착각.

　그러다가 퇴사를 했다. 무소속으로 세상에 던져진 개인으로서 먹고 살기 위해선 무언가에 지원해야 했고, 경쟁해야 했고, 결과지를 받아들어야 했다. '집 나오면 개고생', '바깥은 전쟁터'라는 말은 누구를 겁주기 위해 만든 말들이 아니었다. 현실 고증이었다.

　여성 창업 경진 대회에 지원했다. 낙방이었다.

　브런치 공모전. 낙방이었다.

　지원 자격이 내 커리어와 딱 맞아서 '소일거리로 해볼까? 이거까지 하면 너무 바빠지는 거 아냐?' 고민하며 지원한 외주 에디터마저 가볍게 낙방했을 땐... 혼자 있고 싶었다.

　낙방, 낙방, 낙방. 낙방은 내 자존감을 갉아먹다 못해 햄버거처럼 들고 와구와구 씹어먹었다. 그 때마다 '괜히 지원했어!'라는 내적 절규와 함께 이불을 걷어찼다. 애초에 지원하지 않았으면 이렇게 상처받을 일도 없었을 텐데. 쓸모를 부정당하는 기분을, 우주의 먼지가 된 기분을 느끼지 않아도 됐을 텐데.

　내가 수상 결과를 기다리며 메일함을 들락날락했을 그 시간에, 이미 주최측과 수상자들은 수상 소감까지 주고받았을 거란 사실을 짐작할 땐 스스로가 한없이 한심했다. 상대를 특정할 수도 없는 배신감과 패배감, 분노는 누구를 향해 터뜨려야 할지조차 알 수 없었다.

그러고 보니 마지막 낙방이 언제였던가. 신입사원 때 아무도 몰래 딱 한 번 이직 이력서를 넣었을 때였을 거다. 그때도 낙방했지만 '분명히 내정자가 있을 거'라는 눈물 겨운 정신승리를 하며 탈탈 털린 멘탈을 주워담았다. 그 후 오랜만에 느끼는 낙방의 기분은 여전했다. 여전히... 구렸다. 출판사에서 《해리포터》 원고를 12번이나 퇴짜를 맞았다는 조앤롤링도, 자기가 만든 회사에서 짤렸다는 스티브잡스도 나를 위로해주지 못했다. 그들은 조앤롤링이고 스티브잡스니까!

이렇게 아무도 나를 위로해주지 못할 땐 고이 숨겨 놓은 문장을 꺼내들어야 한다. 넘어지는 방법만큼은 누구보다 잘 알고 있는 낙법의 달인, 유도 동메달리스트 조준호 선수는 그의 책에서 이렇게 말한다.

**어차피 넘어질 수밖에 없다면, 잘 넘어질 것.**
**아프지 않게, 다치지 않게, 그래서 다시 일어설 수 있게.**
- 조준호, 《잘 넘어지는 연습》, 생각정원

어느덧 '낙방 전문가'가 되며 내가 깨달은 것은, 세상은 넓고 잘난 사람은 발에 채이는 돌멩이만큼이나 많아서 낙방하는 일도 그만큼 숱하다는 사실이다. 돌멩이에 걸려 넘어졌다고 해서 세상 다 산 사람처럼 굴 필요는 없다. 그저 돌멩이에 걸려 넘어진 것뿐이니까. 조준호 선수의 말처럼 다치지 않게 잘 넘어지고 다시 일어서면 그만이다.

**유도에서는 낙법을 친 다음에 벌떡 일어나지 않는다. 잠시 숨을 고른 다음 천천히 일어나 도복을 단정하게 정리한다. 그래서 '잘 넘어지는 일'과 '잘 일어서는 일' 사이에는 '그리고'가 필요하다.**

**'그리고'는 넘어져서 입은 상처와 통증을 찬찬히 바라볼 여유다. 왜 넘어졌는지에 대한, 다시 넘어지지 않으려면 어떻게 해야 할지에 대한 고민이다. 일어서서 무엇을 할지에 대한 계획이다.**

- 조준호,《잘 넘어지는 연습》, 생각정원

낙방에도, 실패에도 무뎌질 수 있는 날이 올까. 아니, 그런 날은 오지 않을 것이다. 실패는 언제고 아프고 쓰라릴 것이다. 그러므로 내가 가져야 할 것은 실패에 무뎌지는 굳은 살이 아닌, 툭툭 털고 다시 일어설 수 있는 뻔뻔함일지도 모른다. 다시 일어서기 전에 숨을 고르는 '그리고'의 시간 동안 상처를 어루만지고 덧나지 않게 치료한 다음, 일어서서 무엇을 할지 계획을 세우면 된다. 그것이 많이 넘어지기론 둘째가라면 서러운 사람에게서 배운 인생의 낙법이다.

가까스로 멘탈을 부여잡은 나는 굴복하듯(?) 컴퓨터 앞에 앉아 합격자들의 수상 소감 인터뷰를 본다. 상기된 표정에서, 떨리는 속눈썹에서 수상 소식을 전해들었을 때의 벅찬 설렘이 내게도 전해진다. 그래도 언젠가는 한 번 저 자리에 앉아보고 싶네, 라며 입맛을 다신다.

# 인생의 악플을 견디는 법

유튜브를 시작하기 전까진 몰랐다. 악성 댓글을 다는 사람들이 이렇게 많은 줄은. 듣기엔 쓰라려도 맞는 말을 하는 댓글을 말하는 게 아니다. 그런 댓글들은 얼굴은 화끈거리지만 결국은 도움이 된다. 맥락 없이 원색적이며 자극적인, 악플을 위한 악플을 다는 사람이 이렇게나 많다는 건 정말 몰랐다. 그들은 연구를 하는 것 같다. 어떻게 하면 더 교묘하게 상처 줄 수 있는지, 어떻게 하면 그 상처를 더 파고들 수 있는지.

내가 운영하는 채널에는 내 얼굴도 목소리도 나오지 않는다. 사람들은 내가 누군지도 모르니, 인신공격성 댓글이 있더라도 나에게 하는 말이 아니라고 생각하면 그만이다. 하지만 그게 쉽지가 않다. 앞서 말했듯 그들은 '상처 주기 전문가'다.

작정하고 상처주려는 사람에게는 아무리 강철 멘탈이어도 당해낼 재간이 없다. 심지어 내 멘탈은 잠자리 날개 수준이라 건드리기만 해도 쉽게 바스라진다.

게다가 악플과 선플의 속성이 참 공평하지 못하다. 악플은 오랫동안 잔상을 남기는 반면 따뜻한 댓글들은 아무리 떠나지 말라고 바짓가랑이를 잡아도 금세 머릿속에서 사라진다. 이 작동 방식은 오프라인에서도 그대로 적용된다. 칭찬은 쉽게 휘발되는 반면, 비난이나 혹평은 점성이 강하다. 테이프를 떼어낸 자리마냥 끈적거리고 질척여서 며칠을 문질러 닦아내도 말끔히 지워지지 않는다. 더군다나 그런 말들을 곧이곧대로 수집해서 내면화하는 나 같은 사람들에게, 악플이란 아무리 마주해도 굳은살이 생기지 않는 영역이다.

그럴 때 나는 한 남자를 생각한다. 10년도 더 지난 일이지만 아직도 또렷하게 기억하고 있다. 나는 산책을 다녀오는 길이었고, 길을 건너려 횡단보도에서 신호가 바뀌길 기다리고 있었다. 횡단보도 건너편으로 남자 한 명이 걸어왔다. 남자와 나는 멀찍이 마주 서게 됐다. 신호를 기다리는 듯 보이던 그는 별안간 뭘 떨어뜨린 사람처럼 주변을 살폈다. 그리고 금세 찾던 물건을 발견한 것 같았다. 그가 주운 것은... 돌이었다. 그는 주운 돌을 냅다 나를 향해 던졌다. '돌' 말이다. 제대로 맞으면 머리가 깨질 수도 있는 '돌'! 그는 손에 쥔 돌을 던진 다음 다른 돌을 주워 던지고 또 던졌다. 남자가 광기를 더해 갈수록 돌의 크기도 커지고 있었기에 나는 그 자리에서 도망칠 수밖에 없었다. 그는 조금 따라오는 듯 싶더니 멈춰섰다. 그의 표정은 공허했다. 겁을 줘서 통쾌한 표정도 아니었고, 표적을 맞히지 못해 아쉬운 표정도 아니었다. 어딘가 텅 비어 보였다. 그가 완전히 시야에서 사라지고 나서야 숨을 고를 수 있었다. 훤한 대낮에 길거리에서 돌팔매질을 당할 줄이야. 그 후 얼마간은 누가 가까이 다가오면 반사적으로 몸을 움츠렸다. 거리를 걸으며 지나치는 사람들이 갑자기 멈춰서서 돌을 던질 것 같은 공포에 시달렸다.

시간이 지나 그 사건이 '트라우마'에서 '해프닝' 수준이 되었을 때 이따금 생각했다. 그 사람은 대체 왜 돌을 던졌을까? 멀리서 본 나의 무언가가 그의 분노 버튼을 눌렀을 수도 있다. 아니면 화나는 일이 있었는데 마침 내가 눈에 띈 걸지도 모른다. 미친 사람일지도 모른다. 몇 개의 답안을 떠올려 보다가 정신 건강에 해로운 것 같아 이내 그만 두었다. 그 남자가 왜 돌을 던졌는지는 영원히 알 수 없겠지만 하나만큼은 분명히 알았다. 세상엔 아무 이유 없이 돌을 던지는 사람도 있다는 것. 하물며 얼굴이 안 보이는 온라인상에선 돌 던지기가 얼마나 쉬울까. 타자만 누르면 웬만한 짱돌 수준의 타격감을 줄 수 있는 단어들을 마구 난사할 수 있으니, 공격하려는 자에게 키보드란 얼마나 유용한 도구인가.

온라인이든 오프라인이든 악플을 마주쳤다면, 그런데 아무리 생각해도 내가 잘못한 게 없다면 이렇게 생각하자. 길 가다가 돌 던지는 남자를 만났다고. 이유 없이 돌을 던져대는 사람 앞에 마침 운 나쁘게 지나가고 있었을 뿐이라고. 그러니 상처받을 필요도, 마음을 쓸 필요도 없다고 말이다.

**사람들이 작당해서 나를 욕할 때도 나는 이렇게 생각했어요. '네 놈들이 나를 욕한다고 해서 내가 훼손되는 게 아니고, 니들이 나를 칭찬한다고 해서 내가 거룩해지는 것도 아닐 거다. 그러니까 니들 마음대로 해봐라. 니들에 의해서 훼손되거나, 거룩해지는 일 없이 나는 나의 삶을 살겠다.'**
  - 김경, 《김훈은 김훈이고 싸이는 싸이다》 김훈 인터뷰, 생각의 나무

# 제3장

# 관계를 재우는 중입니다

인간관계에도 '재워지는' 시간이 필요한지도 모르겠다. 마음의 서랍에 넣어두고 내버려두는 시간. 변한 건 아무것도 없고 시간만 흘렀을 뿐인데 한참 뒤 서랍을 열어보면, 어떤 것들은 완전히 다르게 보이기도 한다.

# 열등감을 없애는 방법

가끔 아주 거대하고 철학적인 질문을 포털 사이트에 검색하고 있는 나를 발견한다. 이를 테면, '행복해지는 방법'이나 '걱정 없애는 방법' 같은 것들. 포털 사이트에만큼은 절대 답이 없을 것 같은 인생 최대의 난제를 초록색 검색창에 타이핑하는 내 모습을 발견할 때, 스스로도 기가 차다.

얼마 전 내가 검색한 것은 '열등감 없애는 방법'이다. 열등감에 대해 이야기하기 위해선, 오랜 친구에 대해 먼저 이야기해야 한다. '열등감'이라는 단어를 들으면 가장 먼저 생각나는 친구. 그 친구는, 요즘 말로 '사기캐(사기캐릭터)'였다. 나는 대학교 때 그 애를 처음 만났는데 그 애는 얼굴도 예쁘고 성격도 좋았으며 똑똑하기까지 한 명문대생이었다. 소위 말하는 '금수저'라 돈에 절절매지 않는 여유가 배어 있었지만, 그렇다고 그 애가 과시하는 모습을 한 번도 본 적이 없다. 그 애 주위엔 늘 사람이 많았다. 원래 이렇게 완벽한 캐릭터를 만나게 되면 자동적으로 흠을 찾기 마련이다. 그러다가 뭐라도 걸리면, '그래, 쟤도 사람이지.' 하면서 별안간 안도(?)하게 되는 것이다. 그런데 그 애에게는 도무지 흠이랄 게 없었다. 한 번은 그 애가 담배를 피우는 모습을 본 적이 있는데, 그때 나는 패배를 인정하는 흰 수건을 던질 수밖에 없었다. 너는 그런 것도 할 줄 아는구나....

그 애의 자취집 창밖으로 서울 한복판의 야경을 내려다보며, 나를 싫어하던 친구가 그 애의 마음에 들기 위해 애쓰는 것을 보며, 그 애가 괜찮은 남자와 더 괜찮은 남자 사이에서 고민하는 것을 보며 묵직한 무게 추 같은 감정들이 턱, 턱, 마음에 내려 앉았다. 그건 다름 아닌 열등감이었다.

학생 때는 그래도 학생이라는 동등한 신분에 가려져 크게 다를 것 없어 보였지만, 사회에 나오니 서서히 실감됐다. 내가 아등바등하며 힘들게 무언가를 얻으면, 그 애는 '그런 것쯤은 이미 갖고 있지.' 하고 비웃듯 더 좋은 아이템을 장착하고 더 높은 곳으로 날아 올라갔다. SNS에 올라온 평범한 그 애의 일상 사진에서도 나는 나에게 없는 행복을 기어코 발견해냈다. 그렇게 열등감은 불쑥불쑥 찾아와 나를 쪼그라들다 못해 납작하게 만들었다. 그럴 때면 못난 마음 때문에 그애를 미워하게 될까 봐 잠시 그 애를 멀리해야 했다.

'열등감 없애는 방법'을 검색한 후, 광고 몇 개를 솎아내자 고민 글 몇 개가 눈에 띄었다. 그중 나와 비슷한 사연이 하나 있었다. 친한 친구에게 열등감을 느껴서 자기도 모르게 친구를 멀리하게 된다는 것이었다. 친구는 아무 잘못이 없는데 이런 감정이 드는 자신이 너무 싫다고. 글쓴이에게 깊이 공감하며 글을 읽어 내렸다. 그런데 댓글들이 매서웠다. '못났다', '찌질하다', '열등감을 동력으로 삼아 발전할 생각을 해라' 같은 질책이었다. 은근히 우월감을 내비치는 사람들도 보였다. 평생 열등감이라는 감정은 모르고 살아온 사람들 같았다. 나는 궁금해졌다. 정말 모두 이렇게 건강한 마음을 갖고 있는 건지. 열등감은 또 나를 슬프게 했다. 결국 '열등감 없애는 방법'은 찾지 못했다. 그런 방법 같은 건 없는지도 모른다.

결국 열등감이 찾아올 때, 내가 하는 일은 아무것도 하지 않는 것이다. 굳이 그 마음에서 벗어나려고 하지 않는다. 며칠 동안 그러고 나면 어느 날 아침 눈을 떴을 땐, 그 생각이 '오늘 점심 뭐 먹지'보다 대수롭지 않게 느껴지는 때가 온다. 근본적인 해결책은 아니지만, 문제가 있을 때마다 뚝딱뚝

딱 해결하면서 살 수는 없으니까. 가끔은 시간에 맡겨두고, 조금 못난 내 모습을 인정하면서, 부정적인 마음이 사그라들 길 기다리는 시간들도 필요하지 않을까?

덴마크의 심리학자 일자 샌드는 《어쩌다 우리 사이가 이렇게 됐을까》에서 친구가 어느 날 갑자기 멀어지는 수많은 이유에 대해 이야기한다. 그중 하나는 이런 것이다.

**당신이 인생에서 성공을 거두면 기존에 교제하던 사람들 중에서 더 이상 당신과 어울리고 싶어 하지 않는 사람이 나타날 수 있습니다. 남을 부러워하는 것은 사실 괴로운 일입니다. 질투는 곧 결핍을 인정하는 것이기 때문입니다.**

- 일자 샌드, 《어쩌다 우리 사이가 이렇게 됐을까》, 인플루엔셜

마지막 문장에 허를 찔렸다. 열등감이라는 감정이 왜 이렇게 괴로운가 했더니 '질투는 결핍을 인정하는 것'이기 때문이었다. 잘난 친구를 보는 게 배가 아파서가 아니라, 친구로 인해 내 결핍을 자꾸 비춰보게 되어 괴로운 것이다. 열등감은 타인과의 비교에서 생기는 감정이라는데 결국 해결책은 나에게 있었다. (왜 인간관계의 거의 모든 문제는 돌고 돌아 나 자신과의 문제로 귀결되는 걸까?) 결국 이 지난한 감정을 해

결하기 위해서는 타인에게 향해 있던 시선을 나에게로 돌려야만 한다. 결핍이 해결되지 않는 한, 열등감은 내 결핍을 충족한 사람들을 숙주 삼아 평생 나를 따라다닐 테니까. 그러니 열등감을 없애는 첫 번째 스텝은 마음의 마른 우물을 들여다보는 일일 것이다. 조금씩 그 우물을 채우다 보면 언젠가는 모두의 행복에 순수한 응원을 보낼 수 있지 않을까? 그렇게 생각하니 마음이 조금 가벼워진다.

그런데… 마음의 결핍을 채우는 일은 어떻게 하는 걸까? 혹시 모르니 포털 사이트에 먼저 검색해 봐야겠다.

# 먼저 울지 않는 법

한 할머니와 젊은 여자가 이야기를 나누고 있다. 두 사람은 처음 만난 사이 같다. 여자가 할머니에게 할아버지는 어디 계신지 물었고, 할머니는 오래전 사고사를 당했다고 답했다. 돌연, 여자가 눈물을 펑펑 흘린다. 이미 오래전 일이라 괜찮다는 할머니의 다독임에도 여자의 눈물은 쉽게 그치지 않는다. 그러자 할머니가 묻는다.

"근데, 왜 울어?"

얼마 전 우연히 TV에서 본 장면이다. 나중에 여자는 할머니가 너무 안돼서 울었다고 말했다. 정이 많고 따뜻한 여자의 성정이 느껴졌다. 한동안 그 장면은 내 마음에서 떠나지 않는데, 뭐라 속 시원히 설명할 수 없는 불편함 때문이었다.

그런 질문들은 대개 늘 같았다. 어느 대학 다니는지 묻고, 서울대에 다닌다고 하면 '우와' 하는 표정으로 보다가 아버지가 돌아가셨다고 하면 한결같이 딱하고 안됐다는 표정을 지었다. 그리고는 대화가 뚝 끊겼고 아주머니들은 자리를 떴다. 내 인생에 대해서 알지 못하는 사람들이 아비 없이 크느라 고생 많았겠다고 지레짐작해버리고 단정 짓고는 그대로 사라져버렸다. (중략) 그저 자신들의 기준으로 내 인생을 재단하고 내 현실을 동정하고는 가버렸다. 그들에 의해서 나는 불쌍한 사람이 된 채 그것으로 끝이 났다.

- 김범석, 《어떤 죽음이 삶에게 말했다》, 흐름출판

김범석 작가의 에세이를 읽다가 내가 느낀 불편함의 실체를 발견했다. 그건 '마음대로 평가받고 불쌍한 사람이 되는 것'에 관한 것이었다.

어느 정도 나이가 들고는 덜하지만, 아빠가 돌아가신 후 나에게도 비슷한 일들이 종종 있었다. 가족을 잃은 누구에게나 그렇듯, 내게 그 일은 일생에서 겪은 가장 슬픈 일이었기에 슬픔에 공감해주는 마음이 힘이 되었다. 등을 두드려 주고 손을 잡아준 사람들을 잊지 않고 있다. 하지만 위로를 넘어서 '불쌍하다', '딱하다'라는 말이 따라붙을 때면, 상대가 먼저 울음을 터뜨릴 때면 조금 무안해져버렸다. '불행한 일이지만 불쌍한 일은 아닌데...' 하는 생각이 들어도 상대의 선의를 헤아리면 그런 생각 자체가 무례한 일인 것만 같아 고개를 휘휘 저었다.

곰곰이 생각해봤다. 난 항상 피해자이기만 했을까? 함부로 누군가를 불쌍하게 대한 적이 내겐 없었던가?

그러자 리사가 떠올랐다.

몇 년 전 캄보디아 여행을 다녀왔다. 엄마를 모시고 간 여행이라 좀 편하게 다닐 요량으로 패키지 여행을 신청했다. 패키지 구성에는 '패키지 여행의 꽃'이라는 체험 코스가 그득그득 채워져 있었다. 라텍스 체험, 강황 버섯 체험, 히노끼 치약 체험, 버섯 체험 등 정체 불명의 체험 중에는 '수상 가옥촌 체험'도 있었다.

수상 가옥은 강에 말뚝을 박고 집을 지어 사는 캄보디아의 독특한 가옥 형태로 수상 가옥촌 체험은 쪽배를 타고 그 강을 가로지르며 가옥들을 구경하는 코스였다. 캄보디아 아이가 노를 젓는 쪽배에 올라타 강으로 나갔다. 강 위엔 나무와 콘테이너를 이용해 성기게 만든 집들이 죽 늘어서있었고 나무 판자 몇 개가 그 집들을 아슬아슬하게 지탱하고 있었다. 배처럼 둥둥 떠다니는 집도 있었다. 그런 집들이 강변으로 끝도 없이 이어졌다. 이색적이고 독특한 집도 많았지만 살기엔 열악해보였다. 아무렇게나 주렁주렁 걸린 빨래 사이로 아이들은 신발도 안 신고 뛰어다녔다.

잠시 후 가이드가 초코파이를 한 상자씩 나눠줬다. '간식인가?' 생각했는데 그가 설명을 덧붙였다.

"아이들에게 던져주면 좋아해요."

초코파이의 용도는 아이들에게 던져주기 위한 것이었다.

'새 모이 주는 것도 아니고, 어떻게....'

모두 같은 생각이었나 보다. 아무도 액션을 취하지 않고 몇 분간 초코파이 봉지를 쓰다듬기만 하고 있었다. 얼마간 머뭇거림의 시간이 있었고 우리 중 누군가가 초코파이를 던졌다. 그러자 한 아이가 초코파이 쪽으로 몸을 던져 날렵하게 목표물을 낚아챘다. 그러곤 해사하게 웃었다. 아이가 좋아하는 모습을 확인하자, 다른 사람들도 하나둘 초코파이를 던졌다. 호를 그리며 날아다니는 초코파이와 좌로 우로 우르르 몸을 던지는 아이들의 모습. 그 기묘한 풍경은 여행에서 본 어떤 장면보다도 강렬하게 기억에 남았다.

그 후 나는 어린이재단에서 캄보디아 아이 '리사'와 일대일 결연을 맺었다. 매달 소정의 금액을 리사에게 기부하는 형식이었다. 기부 재단에서 보내준 리사의 사진이 있었지만, 왠지 리사를 생각하면 사진 속에서 밝게 웃는 리사가 아니라 수상 가옥촌을 맨발로 뛰어다니던 아이들, 초코파이를 손에 들고 웃던 아이들이 떠올랐다. 그러니까 나는 리사를 '딱한 아이', '불쌍한 아이'로 인식한 것이다. 내게 리사는 도와줘야 할 대상이었다. 그 생각 뒤에는 '남을 가엾이 여길 줄 아는 착하고 이타적인 사람'이라는 자기만족이 뒤따랐을 것이다.

몇 년 후 기부 재단에서 의외의 연락을 받았다. 리사가 결연을 끊었다는 소식이었다. 후원자 쪽에서 먼저 끊는 경우는 있어도 후원 아동이 먼저 결연을 끊는 경우는 흔치 않았다. 리사가 다른 지역으로 이사를 갔는데 그 지역으로는 후원을 할 수 없다고 했다. 혹시 안 좋은 일이 있어서 이사를 갔나 싶어서 번거로우시겠지만 이유를 알아봐달라고 했다. 가난 때문에 더 열악한 곳으로 이사를 갔을 거라고 짐작했다. 아니면 더 큰 비극이 있을지도 몰랐다. '불쌍한 리사, 내가 도와야 해!' 하는 의협심 같은 것이 솟구쳤다.

며칠 후 재단에서 연락이 왔다.

"아이가 돈을 벌어서 가족을 부양하겠다고 했대요. 다른 지역에서 친척이 음식점을 하는데 거기서 일을 배워보겠다고 했다네요."

놀랐다. 벌써 사진 속 그 어린아이가 일을 할 나이가 되었다는 것도 놀라웠고, 그걸 여태 모르고 있던 나 자신도 놀라웠다. (내가 리사에 대해 알고 있었던 건 대체 뭘까?) 가장 놀란 건 리사가 가족을 부양하기 위해 떠났다는 사실이었다. 난 뭘 생각하고 있었지? 리사가 가난에 허덕이는 모습? 누군가의 도움을 하염없이 기다리는 모습?

리사는 내 값싼 동정 따위는 아랑곳하지 않고 자신만의 방식으로 잘 자라고 있었다. 태생적인 환경의 열악함이나 상대적인 부족함은 있을지언정, 그게 리사의 인생을 비극적이거나 불쌍하게 만드는 것은 아니었다. 리사가 삶에서 느꼈을 행복이나 기쁨, 풍파에 부딪히며 배웠을 가치 있는 것들에 관해 나는 아무것도 모르고 있었다. 스스로 돈을 벌겠다고 후원도 닿지 않는 지역으로 떠난 걸 보면 앞으로도 리사는 그렇게 살아갈 것이다. 당차고 씩씩하고 결기 있게. 후원이 끊어졌을 때에야 나는 리사를 제대로 볼 수 있었다.

**한 움큼 부끄러움을 삼키며 나는 배웠다. 동정이든 차별이든 그 아래 깔린 근본 생각은 다르지 않다는 걸. 어떤 대상을 자기 삶의 반경에 없는 분리된 존재로 취급하는 것(고아들이 불쌍하다), 한 존재를 구성하는 여러 요소 중 특정한 면만 부각시켜 인격화하는 것(장애인은 무능하다), 자신은 결코 되지 않을 이질적 대상으로 상대를 보는 것(공부 안 하면 노숙인 된다). 하나같이 타자화하는 말들이다.**

- 은유, 《싸울 때마다 투명해진다》, 서해문집

공감과 동정을 가르는 한 끗의 선 위에서 아슬아슬한 줄타기를 하며, 늘 다짐한다. 함부로 상대의 불행을 가늠하지 말자고. 먼저 울어버리지 말자고. 하지만 상대의 마음을 짐작하지 않는 건 얼마나 어려운 일인지, 선의마저 필터링해야 한다면 세상은 한층 더 각박해지지 않을지 걱정이 되기도 한다. 하지만 연습해보려고 한다. 평등한 시선에서 감정의 과잉 없이 전하는 조금은 건조한 위로를.

## 나의 과제, 당신의 과제

누군가 내 험담을 했다는 사실을 전해들었다. 처음엔 '그럴 수도 있지, 뭐.' 했던 마음이 점점 요동쳤다. 평정심이 분노로, 분노는 이내 우울함으로 걷잡을 수 없이 번졌다. '내가 뭘 잘못했지?', '가서 따질까?', '날 싫어하지 않았으면 좋겠어.' 생각은 꼬리에 꼬리를 물었고, 감정의 소용돌이 속에서 괴로운 며칠을 보냈다. 그 이야기를 군이 전해준 사람까지 원망스러웠다. (중간에서 전하는 사람이 제일 나쁘다.) 원망의 화살이 문어발처럼 여기저기 뻗어나갈 때, 내게 온 책은 다름 아닌 철학 책이었다.

**결론부터 말하자면 무시당하고 싶지 않다는 바람은 본인의 과제일지 모르나, 나를 무시하느냐 마느냐는 타자의 과제**

라는 것입니다. 누군가 나를 무시하지만 개입하거나 저지할 수 없는 상황이라면 '그래, 마음대로 해보시든지' 하고 타인의 과제와 나의 과제를 분리하면 그만입니다.

-고바야시 쇼헤이, 《그래서 철학이 필요해》, 쌤앤파커스

일상의 고민을 철학으로 해결해주는 이 책에는 철학자 25명이 소개된다. 그중에서도 내게 말을 건넨 사람은 아들러였다. 아들러 철학의 굵직한 줄기 중 하나는 '과제의 분리'다. 아들러는 인간관계의 모든 문제가 타자의 과제에 간섭하거나, 혹은 내 과제를 타자가 간섭할 때 일어난다고 말한다.

내 상황에 대입해보면, 상대가 나를 좋아하고 말고는 나로서는 어떻게 할 수 없는 그 사람의 과제다. 내가 아무리 앞구르기를 하며 재롱을 부린다 한들 그 사람 눈에 마음에 들지 않으면 어찌할 도리가 없다. 생각하는 건 그 사람의 자유니까. 상대의 생각을 바꾸려는 건 그의 과제에 참견을 하는 일일 뿐더러, 불가능한 일이다. 내 생각도 바꾸기 힘든데 다른 사람 생각을 바꾸는 일이 어떻게 가능하단 말인가. 악의적으로 매도하는 경우가 아니라면, 어느 선부터는 그 사람의 과제라는 것을 인정해야 한다. 가수 양희은 씨가 심드렁하게 '그러라 그래~' 하는 것처럼 말이다.

'타인의 과제를 제멋대로 짊어지려고 하니 괴로울 수밖에 없다'고 아들러는 말합니다. (중략) 나는 나의 과제에 집중하면 그만입니다. 타인의 과제를 짊어질 필요가 전혀 없습니다. 누군가의 인생이 아닌 나 자신의 인생을 살아나가면 됩니다.

-고바야시 쇼헤이, 《그래서 철학이 필요해》, 쌤앤파커스

철학자들은 말도 안 되게 어려운 일을 어쩜 이렇게 가뿐하게 얘기할까? 나 같은 범인은 보통 이런 경우엔 '그러라 그래'보단 '그랬단 말이지?'가 먼저 튀어나온다. 머리로는 선을 그으면서도 기어코 타인의 과제를 끌고와 끙끙 앓는다. 특히 인간관계에서 그랬다. 아마도 모든 사람에게 사랑받고 싶은 마음 때문이겠지. 내가 좋은 사람이라는 걸 증명하고 싶은 마음, 미움받고 싶지 않은 마음, 인정받고 싶은 마음. 그렇게 다른 사람의 과제에 관여하는 통에 정작 내 마음 돌볼 에너지는 남아나지 않았다.

오은영 박사는 한 상담 프로그램에서 타인의 비판이 두려워 집 밖으로 나서지 못한다는 연예인의 고민에 명쾌하게 답했다. 누가 나를 싫어한다 해도 그 감정은 내 것이 아니니 돌려주라고, 내 것이 아닌 감정 때문에 힘들어하지 말라고. 너무 간명해서 서운할 정도인 그 솔루션을 곱씹어보니 '과제를 분리하면 그만이라'던 아들러의 말과 닿아 있다.

나를 험담했다는 사람이 왜 그런 말을 했는지 알게 됐다. 납득할 수 없는 이유였다. 예전의 나라면 '어떻게 오해를 풀어야 할까?' '어떻게 관계를 개선해야 할까?' 고민하느라 끙끙댔을 것이다. 실은 지금의 나 역시 다르지 않다. 마음속에선 이미 수백 번 그 사람의 멱살을 쥐고 흔들고 있다. 하지만 이제는 '내 과제가 아닌데 어쩔 수 없잖아.' 하는 마음으로 흘러가게 두는 연습을 해보려 한다.

인간관계 때문에 마음이 고달파질 때, 아들러의 말을 떠올려보자. 내 것이 아닌 과제에서 관심을 거두고, 대신 나에게 열중할 에너지를 비축하자. 이때만큼은 우정도 동료애도 제쳐두고 너와 나의 과제를 냉철하게 분리하는 모진 사람이 되어보는 거다. 당장 해결해야 할 내 과제만 해도 산더미니까. 이제야 책 제목이 눈에 들어온다.

그래서 철학이 필요해.

# 시간은 내는 것

"쟤는 무슨 부귀영화를 누리겠다고...."

여행까지 와서 일을 놓지 못하고 있는 나를 보면서 친구들이 혀를 차며 말했다. 부귀영화는 고사하고 영화도 한 편 못 보고 있는데... 억울하다.

언젠가부터 여행을 가는 것이 부담스러워졌다. 작은 사업을 꾸리며 시간이 부족해졌다. 주말까지 빼곡하게 일해도 벅찬데 여행은 언감생심이었다. 내 손에서 시작하고 끝내는 일이라면 어떻게든 끝내고 가면 좋겠지만, 컨베이어 벨트의 맨 끝에 있는 나는 하염없이 내 차례가 오길 기다려야만 했다. 꾸역꾸역 여행을 가서 온전히 여행을 즐기는 것도 아니었다. 내게 '여행' 하면 떠오르는 이미지들은 이국적인 해외 거리의 풍경이나 하늘에 물감을 뿌려 놓은 것 같은 휴양지의 석양이 아닌, 제주도의 근사한 바다를 코앞에 두고도 노트북만 들여 다보는 내 모습, 지구 반대편에서 한국과는 비교가 안 될 만큼 느린 와이파이 속도에 답답해하며 입술을 잘근잘근 씹는 내 모습으로 갈음되고 있었다.

친한 친구들과 제주도 여행을 가기로 했다. 최대한 미루고 미뤄 두 달 뒤로 잡았건만, 정신을 차리고 보니 어느새 다음 주였다. 기다리지 않는 약속은 왜 이렇게 금방 다가오는지. 마음이 무거워졌다. '괜히 간다고 했나?' 후회하다가도 제주도 지도를 맛집으로 빼곡히 채우고 있는 친구들을 보며 죄스러움을 느꼈다. 가기 전날까지도 일에 허덕이다가 무거운 마음으로 비행기에 몸을 실었다.

역시나 이번 여행에서도 나는 노트북을 들고 달렸고(왜 맨날 달릴까?), 관광지를 둘러보며 틈틈이 이메일을 보냈고, 육지에선 구경도 못할 바다 음식들이 펼쳐진 테이블 한 구석에서 (술맛 떨어지게) 마감을 했다. 그런 나를 보며 친구들은 혀를 찼다.

요즘의 여행은 늘 이런 식이다. 일을 줄이면 좋겠지만 자영업자가 들어오는 일을 걷어차기란, 쉬운 일이 아니다. 마치 물 들어오는데 노를 젓기는커녕 뒷짐을 지고 있는 것 같은 느낌이다. 거기에 다시는 물이 들어오지 않을 것 같은 불안함까지... 그럼 여행 같은 건 넘보지 말고 맘편히 일을 하면 될 텐데 기어이 떠나는 이유는 또 뭘까?

아마 여행 끝엔 아무 일도 일어나지 않는다는 걸 매번 경험하기 때문일 거다. 막상 여행을 다녀오면, 끝나지 않을 것 같던 일들이 용케 마무리가 되어 있다. 내가 감시하지 않으면 망할 것 같은 일들도 망하지 않았다. 내가 없어도 일은 잘만 돌아가고 있다.

더욱이 기억의 창고엔 여행의 좋은 기억들이 차곡차곡 쌓여 있다. 그 기억들은 때론 효율 좋은 삶의 연료가, 때론 유통기한 넉넉한 안주거리가 되어 준다. 아직도 고등학교 친구들이 모이면 이십년 전 안면도 여행 얘기를, 대학교 친구들과는 십년 전 강릉 여행 얘기를 사골처럼 우려먹으며 배를 잡고 웃는다. 토씨 하나도 안 틀리고 반복되는 이야기인데도 늘 처음하는 이야기처럼 웃긴다. 그런 에피소드는 대개 좋든 싫든 어쩔 수 없이 며칠간 몸을 부대끼고 있어야 하는 여행에서 생긴다.

**그때가 아니면 볼 수 없는 것,**
**마실 수 없는 술,**
**일어나지 않는 일이란 게 있다.**
- 에쿠니 가오리, 《맨드라미의 빨강 버드나무의 초록》, 소담출판사

여행이고 뭐고 그저 널브러져 있고 싶을 때, '바쁘다'라는 말로 도피하고 싶을 때, 에쿠니 가오리의 문장을 떠올린다. 여유가 없어서, 귀찮아서 다음으로 미뤘다면 놓치고 말았을 여행의 기억들을 생각하면 아찔하다. '무리해서라도 가길 잘했어.' 하고 가슴을 쓸어내린다.

그래서 소중한 사람들과의 여행만큼은 일단 지르고 본다. '지금이 아니면 볼 수 없는 것, 마실 수 없는 술, 일어나지 않는 일'이 기다리고 있을 테니까. 더욱이 요즘 같은 시기엔 그것을 더 뼈저리게 실감한다. 떠나고 싶어도 떠날 수 없는 날이 올 줄 누가 알았을까.

그러니 시간을 내보자. 그 후는 미래의 나에게 맡기자. 어떻게든 나는 여행의 앞뒤를 꽉꽉 채워 떠날 것이고 무사히 돌아올 것임을 믿자. 그런 방식으로 시간은, 어떻게든 내는 사람에게만 주어지는 것일지도 모른다.

# 혼자 먹어도 괜찮아

불과 십몇 년 전만 해도 '혼밥'이 흔하지 않았다. 어느 정도 였냐면, 혼자 밥 먹는 식당이 이색 음식점으로 방송에 소개 될 정도였다. 방송에 나온 그 일본 식당은 마치 시험 하루 전 날의 고요한 독서실을 연상케 했다. 주방과 마주한 좌석은 커 튼이 쳐져 있어 주방장의 얼굴을 가렸고, 자리마다 칸막이가 있어서 옆 사람의 얼굴을 차단했다. 음식이 완성되면 커튼 밑 으로 사식을 넣어주듯 슥- 하고 밀어주는 식이었다. 칸막이 와 커튼이 차단한 건 얼굴이 아니라 시선이었을 것이다. '역 시 일본 문화는 특이한 구석이 있어.' 생각하면서도 한편으론 혼자 맘 편히 밥 먹을 수 있는 공간이 있다는 게 부럽기도 했 다. 지금처럼 혼자 밥을 먹는 게 자유로운 시대가 올 줄은 몰 랐다. 칸막이와 커튼이 사라졌다는 건, 타인의 시선에서 어느 정도 자유로워졌다는 걸 의미할 것이다. 뭐, 그런 시절이 있었다. '혼밥'에 관대하지 않았던 시절.

　대학을 졸업하고 처음으로 일한 방송국은 경기도 부천 변두리에 있었다. 내가 살던 용인에서 대중교통으로 편도 두 시간 반을 부지런히 이동해야 닿는 곳이었다. 나중엔 결국 백기를 들고 차를 샀지만, 몇 달간은 하루 다섯 시간 넘게 대중교통으로 통근을 해야 했다. 첫 직장이라 업무도 버거운데 통근 스트레스까지 가중됐다. 그때 왜 '자취'를 떠올리지 않고 '공항 리무진'을 먼저 떠올렸는지 모르겠다. 불현듯 인천공항까지 가는 공항 리무진이 부천에서 한 번 정차했던 것이 기억났다. 비록 고속버스 요금보다 세 배 비싼 가격에 배차 간격이 길다는 단점이 있었지만 환승 횟수가 두 번이나 줄어드는 것만으로 숨통이 트이는 것 같았다. 그때부턴 공항 리무진을 타고 출근했다. 통근용 공항 리무진이라니! 나만 생각해낼 수 있는 기똥찬 아이디어라고 생각했지만, 통근을 위해 공항 리무진을 타는 사람은 생각보다 많았다. 여행객들 사이 직장인들은 아무리 캐주얼한 복장을 입어도 티가 났다. 출근길엔 여행을 앞둔 사람들의 달뜬 분위기 속에서, 퇴근길엔 여행의 여운과 노곤함이 뒤섞인 공기 속에서 현실에 푹 찌든 모습은 우리뿐이었다. 공항 리무진을 타고 출퇴근하는 건 기이한 느낌이었다.

금요일이 늘 고비였다. 금요일 퇴근길은 늘 지독하게 막혔고 승객도 유독 많았다. 매주 금요일이면 이렇게 긴 시간 통근하며 일해야 하는 내 직업, 내 삶, 내 운명까지 지긋지긋했다. 세상에서 제일 불행한 사람 모드일 때 눈치 없이 여행 캐리어라도 눈에 밟히면 더 서러워졌다.

유난히 업무가 고됐던 금요일이었다. 그날도 어김없이 공항 리무진에 몸을 실었다. 그런데 그날은 내 운명이고 뭐고 다른 생각을 할 수가 없었다. 배가 고팠다. 점심을 굶은 탓에 머릿속은 온통 뭔가 먹고 싶다는 생각뿐이었다. 버스는 무시무시한 교통 체증 속에서 두 시간 가까이 기어가듯 움직인 후에야 내가 내리는 정류장에 다다랐다. 버스에서 내리는데 다리에 힘이 풀려 이 상태로는 집까지 갈 수 없을 것 같았다. 뭐라도 먹어야 했다. 대로변에서 가장 먼저 눈에 띈 음식점은 '김밥천국'. 일말의 고민없이 그곳으로 향하며 김밥 '천국'이라는 상호의 지당함에 대해 생각했다.

"여기 순두부 찌개 하나요!"

남의 시선이고 뭐고, 일단 허기를 채우고 싶었다. 입천장이 데는 것도 모르고 뜨거운 국물을 마시듯 밀어넣었다. 뜨거운데 시원하고, 자극적이고 불량한 동시에 온몸이 정화되는 맛. 식사에 속도가 붙었고, 마침내 흩어진 밥알들을 싹싹 긁어모아 마지막 한 순가락을 꼭꼭 씹어 삼켰다. 밥 한공기를 싹 비우고 물 한 잔을 들이키자 기분 좋은 포만감이 들었다. 그러고 나서야 알았다.

'아, 나 혼자 밥 먹었네.'

그날 나는 혼밥의 '기쁨을 아는 몸'이 되었다. 선배들의 식사 시간에 맞출 필요도, 메뉴를 양보할 필요도, 먹는 속도를 조절할 필요도 없었다. 대화할 기분이 아닌데도 앞 사람의 기분을 봐가며 대화 주제를 짜내거나 추임새를 넣지 않아도 됐다. 그저 허기를 채우고 맛을 느끼는 원초적인 감각에 집중하는 것이면 충분했다. 접시를 비우며 그날의 스트레스와 고단함을 함께 비워냈다. 누군가 함께 했다면 느끼지 못할 개운함이었다.

그뿐인가. 용감한 사람이 된 듯한 우쭐함은 덤이었다. 혼자 밥을 먹을 땐 영상을 보거나 전화 통화를 하는 것도 지양했다. 그건 왠지 지는 기분(?)이었다. 오롯이 밥 먹는 행위에만 집중했다. 나는 틈틈이 혼밥에 도전했고, 혼밥 고난도 메뉴를 도장깨기 하듯 섭렵하며 혼밥의 세계는 점점 층위를 더했다. 그렇게 혼밥은 내 길티 플레저가 됐다.

**두려움으로 쪼그라들었던 마음이 조금씩 펴지고, 가는 한숨을 길게 내쉬고, 솔솔 졸음을 느끼기 시작하고, 그러다 까무룩 잠이 들었습니다. 그 뒤로 힘들고 지칠 때에는 혼자서**

**무엇인가를 먹으러 다니는 습관이 생겼습니다.**

- 정재민, 《혼밥 판사》, 창비, 2020

그때 혼밥이 그토록 달콤했던 이유는, 내게 혼자만의 시간이 절실했기 때문이었을 것이다. 빡빡한 업무 속에서도 선배 작가들의 점심 메뉴를 챙겨야 하고 저녁 회식도 빠질 짬이 안 되는 막내작가에게 가장 필요했던 건 혼밥의 시간이었다.

시대가 변해 '길티'를 느낄 필요도 없으니 혼밥은 그저 완전한 '플레저'가 되었을까? 그건 아니다. 퇴사 후엔 거의 혼자 밥을 먹다 보니, 누군가와 함께 밥을 먹는 시간이 그립기도 하다. 점심시간 1시간 전부터 치열하게 점심 메뉴를 고민하던 시간, 밥의 힘에 기대어 나누던 진지한 혹은 시시콜콜한 이야기, 각자의 기준으로 냉철했던 음식 평가, 식후 커피를 마시러 가던 길 같은 것들.

혼자 먹는 밥도, 같이 먹는 밥도 즐거운 걸 보면 그건 내가 어느 정도 안정되었다는 의미일까?

# 관계를 재우는 중입니다

50대의 고민에 관한 책을 읽다가 가장 큰 고민 중 하나가 '인간관계'라는 걸 보고 충격을 받았다. 50대쯤 되면 그런 건 다 초월하는 거 아니었나요?

사소한 일로 친구와 멀어진다. 하루가 멀다 하고 전화기를 붙잡고 빈틈 없이 일상을 업데이트했던 친구도, 당연하게 함께 있는 육십 칠십의 모습을 그렸던 친구도 별것 아닌 한마디로 멀어졌다.

학창시절엔 낯을 가리는 성격 탓에 학기 초마다 친구 사귀는 일에 애를 먹었다. 나이가 들면서는 새로운 인연을 만드는 것보다 유지하는 일이 훨씬 어렵다고 느낀다. 그동안 견고하게 쌓아 올렸다고 생각한 우정이 사실은 사소한 말 한마디에, 연락 횟수에, 그깟 축의금에 모래성처럼 쉽게 부서질 정도로 유약했음을 깨닫는 일은 마음이 시리다. 으스댈 만큼 대단한 우정이 아니었다는 사실, 우리도 여느 '시절 인연'과 다름 없었다는 사실이 아무렇지 않을 리 없다. '인연 총량의 법칙'이라도 있는 건지 멀어진 친구들의 자리가 금세 새로운 친구들로 착착 채워지는 것은 다행이면서도 서글픈 일이었다.

　내 쪽에서 일방적으로 인연을 끊은 친구가 있다. 그 애는 유독 나를 놀리는 걸 좋아했다. 여러 사람이 모여도 타깃이 꼭 나였다. 장난으로 한 말에 죽자고 달려드는 건 쿨하지 못해 보이니까 더 짓궂게 응수하거나 여유있는 척 웃어 넘겼다. 그날도 어김 없이 그 애는 툭하고 장난 한마디를 던졌다. 공격지수로 따지면 기껏해야 10점 만점에 3~5 정도의 가벼운 장난이었다. 그런데 그날은 화가 났다.

　"말 다했냐?"

　대뜸 쏘아붙이고는 폭주 기관차처럼 와다다다 몇 마디를 더 붙였다. 최대한 마음을 할퀼 수 있는 서슬 퍼런 말들만 골라서 했다. 그러고도 분노가 가라앉지 않아서 씩씩거렸다.

　오랜 친구를 떠나보내게 되는 계기는 대단한 사건들이 아니다. 빌려준 돈을 받지 못해서도 아니고, 그 친구가 애인을 빼앗아갔기 때문도 아니다. 사소한 것들이 초겨울 눈이 쌓이

**듯 소복이 쌓이고 쌓여 지붕을 내려 앉힌다.**

- 성유미, 《이제껏 너를 친구라고 생각했는데》, 인플루엔셜

《이제껏 너를 친구라고 생각했는데》는 정신과 의사가 쓴 관계 심리학 책이다. 인간관계에 대한 현실적인 조언이 많아 책 홍보를 하면서도 사심 섞인 밑줄을 많이 그어두었다. 엉망진창으로 화를 내던 그 순간 나는 '지붕이 내려 앉았다'는 말을 떠올렸다.

그간 쿨하게 웃어 넘긴 줄 알았는데 마음 한 구석에 분노가 쌓이고 있었나 보다. 해결되지 않은 분노들이 아무렇게나 욱여넣어진 곳간은 허용치를 넘기곤 와르르 터져버렸다. 그 애는 당황하며 내가 싫어하는 줄 몰랐다며 사과했다. 상대가 사과를 하면 어른스럽게 받아들일 줄도 알아야 하는데, 미숙한 사람(=나)은 '거 봐, 맞지! 너가 잘못했지!' 하며 점점 더 분을 키운다. 나는 그 애와 SNS 친구를 끊는 것으로 상징적인 '절'교를 했다. 지붕이 무너지기 전에 싫은 내색이라도 좀 할 걸, 후회했지만 감정이란 도통 예측할 수가 없다.

우린 1년 넘게 연락하지 않았다. 다만 친구는 1년 내내 내가 SNS에 게시물을 올릴 때마다 '좋아요'를 눌렀다. '야~ 이제 화 좀 풀어라~'라고 옆구리를 쿡쿡 찌르듯 말이다. '흥! 쳇! 뿌앵! 내가 화 푸나 봐라!' 생각했지만 시나브로 마음이 누그러

들고 있었다. 그걸 느낄 때면 '아차차!' 하며 화남 모드를 재정비했다. 그렇게 마음에 채운 걸쇠를 수시로 단속했건만, 어떤 게시물에 '좋아요'가 눌린 순간 무장 해제되고 말았다. 친구가 누른 '좋아요'는 내가 3년 전에 올린 사진이었기 때문이다. 내 3년 전 피드는 왜 보고 있담. 그럼 문자라도 하나 보내보든가. 이런 저런 생각을 하다가 먼저 문자를 보냈다. 사실은 그즈음엔 내게도 화가 남아 있지 않았다.

**내가 그립냐?**

우리는 예전처럼 대화를 나눴다. 마치 이렇게 될 줄 알았던 사람들처럼. 어제까지만 해도 분명히 평생 볼 일 없는 사이였는데 허무할 정도로 쉽게 앙금이 사라졌다.

소설가 무라카미 하루키는 원고를 몇 번 고쳐 쓴 다음에는 한 달 정도 서랍 속에 넣어두고 그냥 잊어버린다고 한다. 그는 그 과정을 '재워둔다'라고 표현한다. 아무것도 하지 않고 '진득하게 재워둔' 다음, 시간이 지나 작품을 펼쳐보면 이전에 보이지 않았던 것들이 또렷하게 보인다고.

어쩌면 인간관계에도 '재워지는' 시간이 필요한지도 모르겠다. 마음의 서랍에 넣어두고 내버려두는 시간. 변한 건 아무엇도 없고 시간만 흘렀을 뿐인데 한참 뒤 서랍을 열어보면, 어떤 것들은 완전히 다르게 보이기도 한다. 실은 아무것도 변하지 않은 게 아니라, 나도 너도 우리를 둘러싼 모든 것이 변했으므로. 그건 우리가 할 수 있는 일이 아니다. 단지 시간만이 할 수 있는 일이다.

여전히 인간관계는 어렵다. 도통 예측할 수 없고, 애쓰는 대로 되지 않으며, 노력한 만큼 돌아오지 않는다. 50대 선배들의 증언처럼 나이가 들어도 여전히 인간관계는 모래알처럼 손아귀를 빠져나가는 것일지도 모른다. 그러니 너무 꽉 쥐려고 애쓰지 않으려 한다. 그저 하나씩 배워나갈 뿐이다. 아무렇지 않게 멀어지듯 아무렇지 않게 다시 가까워질 수 있음을, 가끔은 재워두는 시간이 필요한 관계도 있다는 것을 배운 것처럼 말이다.

# 절교 편지

어릴 때는 절교를 참 많이도 했다. 그 시절 우리의 절교에는 나름 절차가 있었다. 절교 편지를 써서 친구에게 절교를 고지하는 것이다. 간단하게 절교 사유도 적었다. 이를 테면, '우리는 성격이 안 맞는 것 같아. 이제 절교하자.' 하는 식이었다. 그 충격적인 편지를 펼쳐보는 마음이 어땠을지, 지금 생각해도 심장이 아프다. 어릴 때라 심장도 더 작았을 텐데(?) 작은 심장이 얼마나 아팠을까. 편지를 전하며 절교하는 것이 잔인한 방식임은 확실하다.

사과를 할 때 역시 편지를 쓰는 것이 암묵적인 룰이었다. 은근슬쩍 다시 친해지는 경우도 있었지만, 대부분은 '우리 다시 친구 하자'는 말을 분명하게 전달했다. 우리는 툭 하면 절교를 했기 때문에 절교 편지와 사과 편지도 부지런히 오고 갔다.

나이가 들면서는 점점 절교 편지를 쓸 일이 없어졌다. 절교 편지가 유치하게 여겨졌거니와, 그런 수고를 들이지 않고도 인연을 끊는 방법을 알게 되었기 때문이다. 서서히, 그렇다고 너무 티 나지는 않게 연락의 빈도를 줄이며 결국엔 연락 횟수를 0으로 수렴시킨다거나 그 정도의 노력도 사치일 때는 클릭 한 번으로 차단해버리는 방법 같은 것들. 이렇게 간편하게 한 사람을 인생에서 지워버릴 수 있다니.... 가끔 '이렇게 쉬워도 되나?' 생각이 들 때도 있다. 인연은 귀한 것이라고 배웠는데.

요즘 말로 '손절'은 하나의 문화가 된 것 같다. SNS에는 '지금 당장 끊어야 할 인간 유형'이라든지, '걸러야 할 친구의 특징', '인간관계 명언' 같은 글들이 우후죽순 올라온다. 대부분은 인간관계에 너무 애쓰지 말고, 잘해주고 혼자 상처받지 말 것이며, 진짜 내 사람 몇 명만 있으면 된다고 말한다. 나도 인간관계가 힘들 때면 그런 글들에서 당위성을 찾으며 인연을 하나둘 정리했다. 때로는 '손절'하며 때로는 '손절' 당하며.

그런데 나는 미련이 많고 질척거리는 탓에 이따금 지난 인연들을 되돌아보게 된다. 서서히 멀어진 사람, 급격히 멀어진 사람, 약속이라도 한 듯 동시에 멀어진 사람.... 어느 순간 갑자기 인생에서 사라진 그 사람들 말이다. 그런 사람들이 문득 떠오르는 날엔 그때 그 사람이 무슨 잘못을 했더라, 나는 무슨 잘못을 했을까 곱씹어 본다. 이유가 선명하게 보이는 사람도 있고, 짐작조차 할 수 없는 사람도 있다. 말없이 사라져 버렸기 때문에 앞으로도 영영 그렇게 찜찜한 상태로 남아 있겠지.

그러고 보면, '손절'의 방식으로 인연을 끊는 것은 어릴 때의 절교 편지보다 훨씬 더 잔인한 것 같다. 그땐 이유라도 알 수 있었으니까. '손절'이라는 말도 '절교'보다 훨씬 일방적인 느낌이다. 애초에 '손절'은 투자 용어인데, 투자란 독단적으로 하는 것이니까 말이다.

'손절'로 얼룩진 지난 인연들을 반추하다 보면 덜컥 겁이 난다. 관계를 가볍게 여기는 사람, 갈등을 해결하기보다는 차단으로 회피하는 것이 더 편한 사람이 된 것 같아서.

**어떤 사람들은 관계가 끝난 뒤에 슬픔이나 혼란, 자책에 빠져 있는 경우가 있습니다. 어떤 사람들은 이별을 선택한 후에 자신이 떠나기로 결정한 당사자인데도 너무 강렬하게 느껴지는 슬픔에 놀라곤 합니다. 반면에 안도감이 밀려와서 놀라는 사람들도 있습니다. 어느 쪽이든 간에 작별 인사를 제대로 할 수 있다면 두 사람 모두 이전보다 더 행복할 수 있습니다.**

　　　　　　　- 일자 샌드, 《어쩌다 우리 사이가 이렇게 됐을까》, 인플루엔셜

모두가 '손절'을 외치는 시대에 일자 샌드는 단절된 관계를 다시 잇는 방법에 대해 말한다. 그녀는 특히 '작별 인사'의 중요함을 이야기하는데, 이별을 앞둔 사람들뿐 아니라 (대개는 일방적으로) 이미 이별을 한 사람들에게도 제대로 된 작별 인사가 필요하다고 한다. 직접 만나서 얘기를 하거나, 정 힘들다면 편지를 쓰는 식의 이를 테면 '작별 의식' 말이다. 이렇게 '작별 의식'을 하면서 인연을 잘 매듭지어야 새로운 관계를 잘 꾸려나갈 수 있다고 한다.

사실 무엇이 맞는지 아직 모르겠다. 안 그래도 스트레스를 받아 끊으려는 관계인데 '작별 의식'까지 하며 에너지를 소모하는 것이 맞는 건지, 상대방이 절교하려는 이유를 속속들이 안다고 해서 정말 마음이 편해지긴 하는 건지.

하지만 정말 소중한 인연이라면, 멀어질 때 멀어지더라도 작별 의식으로서 관계를 매듭짓는 것은 의미가 있을지도 모른다. 결국 시간이 흘러 뒤돌아보게 되는 사람들은, 인생의 빛나는 시절을 함께 한 사람들이었으니까. 클릭 한 번으로 그 인연을 끊어 내는 것은 우리가 함께 보낸 시간들에도, 서로에게도 너무 가혹한 일이니까.

'손절'에 익숙해지지 않으려고 한다. 오래도록 곁에 두고 싶은 친구들에게 말했다. 이상하게 들리겠지만, 언젠가 나와 인연을 끊어야겠다고 결심한다면 유치하더라도 꼭 절교 편지를 써달라고 말이다.

# 사랑받고 자란 티

별로 좋아하지 않는 말이 있다. '사랑받고 자란 티가 난다'는 말이다. 보통, 구김살 없고 성격이 둥글둥글한 사람들에게 많이 하는 말이다. (드물게는 철없고 세상 물정 모르는 사람에게도 쓰이지만 대개는 긍정적인 의미로 쓰인다.) 자매품으로 '부족함 없이 자란 티가 난다', '곱게 자란 티가 난다'는 말도 있다. 이런 유의 말은 항상 아프게 들린다. 꼭 행복에 자격이 있다고 말하는 것 같기 때문이다.

흔히 말하는 '사랑받으며 자란 티가 나는' 사람을 상상해 본다. 그 혹은 그녀는 어릴 때부터 가족의 사랑과 관심을 듬뿍 받고 자랐을 것이다. 정서적으로 그리고 물질적으로도 풍요로운 삶을 살았을 것이다. 그래서 자연스럽게 매사 여유롭고 긍정적인 가치관을 갖게 되었을 것이다. 누구나 부러워할

만한 평탄한 인생이다. 그러니 어쩌면 '사랑받고 자란 티가 난다'는 말은 그 굴곡 없는 삶에 대한 순수한 동경이 만들어낸 말일지도 모른다. 우리는 원인과 결과를 찾아 간편하게 공식화하는 걸 좋아하니까. '부자 동네에 가보니 거기 사는 사람들은 확실히 얼굴 표정부터가 다르더라고요'라고 쓰여 있던 어느 글처럼.

그런데 이런 말들을 보면 왜 뒷맛이 깔깔해지는 걸까. 어쩌면 방목형으로 키워진 것에 대한 자격지심일지도 모르겠다. 아주 어릴 때부터 부모님은 내가 뭘하고 놀든, 누구와 놀든 거의 간섭하지 않았다. 나는 유치원이 끝나면 동네 친구들과 지칠 때까지 피구놀이나 하면서 자라다가 초등학교에 입학하면서 깨닫게 됐다. 내가 굉장히 자립적으로(?) 살고 있었다는 것을 말이다. 친구들이라는 비교 대상이 생겼기 때문이다. 비오는 날이면 우산을 들고 기다리는 부모님들이 콩나물처럼 빽빽하게 들어찬 교문 앞, 생일 당사자인 친구보다 친구의 부모님이 주축이 된 생일파티, 친구와 친구 부모님이 세트로 묶이는 낯선 풍경들을 목도하며 여간해선 학교에 얼굴을 드러내지 않는 부모님이 야속할 때도 있었다.

자라면서도 그랬다. 대학 시절 내가 다른 나라로 어학연수를 갔을 때, 엄마는 1년 동안 전화를 다섯 통도 하지 않았다. 나도 딱히 엄마의 전화를 기다리지 않았다. 엄마에게 전화가 오면 오히려 '무슨 일이 있나?' 싶어 불안했다. 나와는 달리, 내 룸메이트와 그녀의 엄마는 매일 서로의 안녕을 물었다. 옆 방에서 시차를 뚫고 하루에 한 시간씩 엄마와 통화를 하는 룸메이트를 신기하게 바라보며, 참 좋아 보이네, 생각할 때도 있었다. 그런 나에겐 사랑받지 못하고 자란 티가 나는 걸까?

'사랑받으며 자란 티가 난다'는 말이 마음에 걸리는 또 다른 이유는, 그 말에 아빠, 엄마, 자녀로 이루어진 이른바 '정상 가족'이라는 밑바탕이 깔려 있는 것 같은 느낌 때문이다. 물론 한쪽 부모에게서 혹은 꼭 부모가 아니더라도 양육자로부터 충분한 사랑을 받으며 자랄 수 있다. 다만, 세상에는 한부모 가정이나 정상 가족이 아닌 가정에서 자란 사람들에게 '사랑 못 받은 티가 난다', '결핍이 있을 것 같다'는 편견을 갖는 사람들이, 그것을 말로 내뱉는 사람들이 너무 많다. 꽤 친하다고 생각했던 사람이 면전에서 "부모 없이 자란 애들은 '없이 자란 티'가 나잖아요."라고 말하는 걸 들은 적도 있다. (그 사람은 우리 아빠가 돌아가신 걸 알고 있었다.) 그렇게 악의 없는 말에 받은 크고 작은 상처 때문에 '사랑받으며 자란 티가 난다'는 말이 '부모 없이 자란 티가 난다'는 말과 묘하게 겹쳐 들리는 것이다.

분명히 어릴 때부터 부모님의 사랑을 듬뿍 받아서 엇나감 없이 자란 사람도 많을 것이다. 늘 부모의 사랑에 갈증을 느끼고 돈에 쪼들리며 자란 사람보다 확률적으로 훨씬 더 많을지도 모른다. 하지만 부족함 없는 사랑을 받으며 자랐음에도 비뚤어진 사람들을 나는 자주 목격했다. 스스로 사랑받고 자랐다고 말하면서 '부모 없이 자란 애들은 티가 난다'는 말을 서슴없이 하는 사람들을 말이다. 티 없이 밝고, 귀감이 될 만한 선행을 하는 사람이 아픈 가정사가 있음을 고백하는 인터뷰도 자주 읽었다.

중요한 건 '사랑받으며 자란 티가 나는' 사람이 어떤 인생을 살아왔는지, 우리는 그 '티' 너머를 볼 수 없다는 것이다.

**과거의 서러움은 그렇게 현재의 우리에게 영향을 미친다. 결핍이, 어쩌면 우리의 정체성이 되는지도 모르겠다. 비어 있는 부분을 채우려 애쓰는 사이, 그런 것을 중요히 여기는 사람이 되는지도.**

- 김신지, 《평일도 인생이니까》, 알에이치코리아

과거의 서러움이 나의 정체성이 된다는 말에 깊이 공감한다. 나 역시 인생 대부분의 시간을 장점보다는 단점에 골몰하며 보냈으니까. 당시엔 괴로웠지만 그 고민의 시간들이 알게 모르게 나의 좋은 부분들에 기여했을 것이라 생각한다. 최소한, 같은 결핍을 가진 누군가의 마음을 헤아릴 수 있는 일말의 공감 능력이라도 만들어 주었을 것이라고. 그러니 누군가가 밝고, 해맑고, 긍정적이라는 것은 어쩌면 결핍을 채우기 위한 부단한 노력의 결과일 수도 있다. 충분한 사랑을 받지 못했으니 나는 사랑을 주는 사람이 되어야지, 하는 안간힘. 비어 있는 부분을 채우기 위해 내면을 단단하게 다져가며 완성한 정체성. 나는 그런 내공을 가진 사람들에게 존경하는 마음을 품는다. 줄곧 엄마가 된 친구들에게 그런 힘을 발견한다. 그런 '티'야말로 굳이 공식화하지 않아도 자연스럽게 밖으로 드러나는 것이 아닐까.

# 상상하며 말하기

어느 날 인스타그램 계정으로 DM이 왔다.

**동성애는 왜 '즐긴다'고 표현하는 거죠?**

한 콘텐츠에서 조선시대 궁녀들에 대한 이야기를 다루며 '궁녀들은 동성애를 즐기기도 했다'고 표현한 것이 화근이었다. 책에 나온 표현을 옮겨 적은 것이지만, 한 톨의 의심도 없이 썼던 것도 사실이다. 아차, 싶었다. 연애는 '즐긴다'고 표현하지 않으면서 동성애는 왜 '즐긴다'고 썼을까. 자동 완성 기능처럼 자연스럽게.

언어적으로 민감하다고 생각하고 의식하는데도 불구하고

이런 실수들은 자꾸만 반복된다.

'표현이 불편하다'는 지적을 받으면 얼굴이 화끈거린다. 그
래서 방어적으로 반응하게 된다. "네가 너무 예민한 거 아니
야?" 하며 오히려 상대에게 날을 세우게 된다. 실은 마음속 깊
은 곳에서는 알고 있다. '인정하기 싫지만 잘못된 것 같긴 하
네.' 그러면서 아주 조금씩 생각을 틀게 된다. 다만 '인정하기
싫지만'을 떼어내는 과정이 너무 어렵다. 가끔은 영영 안 되
기도 한다. 그건 나의 오랜 가치관이나 습관의 한 부분을 부
정해야만 가능한 것이기 때문이다. 나는 오래 전부터 그것을
잘하는 사람들을 존경해왔다. 치졸한 자존심 없이 다른 사람
의 의견을 받아들이는 사람들을.

치졸한 나는 어떤가. 지적당할 때 나는 내가 틀리지 않았다
는 사실을 뒷받침해 줄 온갖 자료들을 찾았다. 더 이상 뒷걸
음질할 곳이 없을 때가 되어서야 내가 잘못했다는 사실을 마
지못해 인정했다. 찌질하고 유치하지만 지적당하는 건 그만
큼 싫다. 그건 민망하고 얼굴이 달아오르는 일이다.

얼굴이 달아오르는 일을 줄이기 위해 내가 찾은 방법은, 상
투적이게도 책을 읽는 것이다. 책을 읽으면 눈 앞에서 지적당
하지 않고도 언어 감수성을 높일 수 있다.

비거니즘에 관한 책을 읽으면서는, 채식을 하는 친구에

게 "솔직히 고기 먹고 싶지?", "식물은 안 불쌍해?" 같은 장난
섞인 말이 얼마나 무례한지 알게 됐다. 고유한 존재로 어린이
를 바라보는 책 《어린이라는 세계》를 읽으면서는 어린이들을
뭉뚱그려 '초딩'이나 '잼민이' 같은 말로 희화화하지 않기로
했다.

책을 읽으면 자연스럽게 내 언어를 돌아보게 된다. 모든 책
은 저자가 사랑하는 무언가에 대한 무한한 애정과 관심으로
쓰여졌기 때문이다. 간접적으로 그 시선을 체험하고 저자의
마음을 헤아리면 '그런 말은 충분히 기분 나쁠 수 있지.' 하고
공감하게 된다.

**사람은 언어를 통해 세계를 인식하기에, 우리는 좀처럼 이
바깥을 상상할 수가 없다.**

- 배윤민정, 《나는 당신들의 아랫사람이 아닙니다》, 푸른숲

가족 호칭의 불평등을 다룬 이 책은 비단 비대칭적 호칭 체
계에 대한 문제 제기에 머무르지 않는다. 기호로써의 언어를
넘어, 언어가 은밀하고 뭉근하게 사고와 행동을 지배하는 방
식을 지적한다. 무의식중에 쓰는 말에도 권력이 있고 위계가
있음을, 그것이 누군가를 무겁게 짓누를 수 있다는 것을, 그래
서 말이 정말 무서운 것이라는 것을 인식하게 되었다. 어쩌면

언어를 고르는 일은 상상하는 일과 다름 없을지도 모른다. 나를 둘러싼 의심의 여지 없는 세계의 바깥을 상상하는 일.

　그럼에도 자주 실수하고, 지적당한다. 얼굴이 화끈거린다. 하지만 얼굴이 달아오르는 그 순간을 조금 참아내면, 말을 고르는 일을 게을리하지 않는다면 나의 언어는, 그리고 세상의 어떤 부분들은 지금보다 더 나아질 거라 믿는다.

# 수세미를 선물받았다

결혼 전, 시가 식구들과 함께 카페에 간 적이 있다. 시가 식구들은 모두 천주교 교인인데, 마침 우리가 간 카페가 성당에서 운영하는 곳이었다. 목재로 꾸민 카페는 아늑했고, 카페만큼이나 편안한 인상의 수녀님이 커피를 내리고 있었다. 시부모님은 반가우셨는지, 우리도 교인이라고 수녀님에게 알은체를 했다. 종교에 관한 이야기가 오갔고, 대화가 조금 더 길어지며 남자친구(현 남편)와 내가 곧 결혼할 사이라는 사실도 전해졌다. 그러자 수녀님은 나에게 줄 선물이 있다며 뭔가를 가지러 가셨다. 내내 시부모님과 대화를 나누었는데, 제일 구석에 존재감 없이 앉아 있던 나에게 선물을...? 불안했다.

수녀님이 가져오신 건 다름 아닌, 수세미였다. 알록달록한 수제 수세미. 수세미를 내 손에 꼭 쥐어주시며 수녀님은 따뜻하게 한마디를 덧붙이셨다.

"설거지 잘 하시라고요~^^"

나를 콕 집어 수세미를 선물해 주신 이유는, 곧 설거지를 맡게 될 사람이 당연히 나라고 생각하셨기 때문일 것이다. 그 외에 다른 악의는 전혀 없다는 것쯤은 알 수 있었다. 선물을 가지러 가실 때의 들뜬 발걸음과 수세미를 전하던 손의 온기, 종교인들이 공유했을 강한 유대감은 선의를 의심하고 싶지 않게 하는 것들이었다. 하지만 그 선의가 너무 순수한 것이라 마음이 더 복잡해졌다. 그런 선의는 아무도 탓할 수 없게 만들기 때문이다.

**온화한 모습으로 다정한 말을 건네지만, 결과적으로 고통을 준다면 잔혹한 것과 다를 바 없다. (중략) 내가 생각하는 온화하고 다정한 사람은 상대를 배려하여 자신이 할 수 있는 방법으로 도움을 준다. 자신의 온화함과 다정함을 통째로 던지기만 한다고 그런 사람이 될 수는 없다.**

- 하타노 히로시, 《내가 어릴 적 그리던 아버지가 되어》, 애플북스

《내가 어릴 적 그리던 아버지가 되어》의 저자는 죽음을 앞둔 암 환자다. 암으로 시한부 선고를 받았다는 소식을 알리자, 주변에서 암에 좋다는 것들을 권하는 연락이 쇄도했다고

한다. 대부분 '암을 낫게 하는 항아리'나, '기적의 물' 같은 영적 요법이나 출처를 알 수 없는 대체 의학 같은 것이었다. 모두 온화한 모습으로 전한 다정한 선의였지만, 죽음의 무게에 비해 가벼운 조언들이 반복되자 그것이 나중엔 고통스럽게 느껴졌다고 한다. 죽음을 앞둔 환자에 비할 바는 아니지만, 수세미를 받아든 그때 그 작가가 전하려던 말이 뭔지 조금 알 것 같았다. '다정함을 통째로 던지기'만 한다고 해서 다정한 사람이 되는 건 아니라는 말을.

갑상선 암 치료를 하고 있다는 친구에게 "괜찮을 거야. 요즘 갑상선 암은 암도 아니래."라고 위로한 적이 있다. 며칠 후 책을 읽다가 정신이 번쩍 들었다. 갑상선 암 환자들이 가장 상처받는 말 중 하나로, 내가 한 말이 토씨 하나 틀리지 않고 적혀 있었기 때문이다.

완치율이 높은 암이니 너무 걱정 말라는 뜻으로 한 말이란 걸 친구도 짐작했겠지만, 여전히, 듣는 사람의 입장을 염두에 두지 않은 말이었다. 검사와 수술 자체만으로 힘들고, 완치 후에도 오랜 기간 약을 복용하며 추적 검사를 해야 한다고 했다. 컨디션이 좋지 않은 날엔 '재발일까?' 하는 불안과 공포가 덮쳐올지도 모른다. 상대를 위로하기 위한 의도였다고 해서 상대의 아픔을 가볍게 치부할 자격이 생기는 건 아니었다. 내 의도가 얼마나 선했건 간에, 쉽게 던져진 다정함은 상대의 손에 쥐어졌을 때 알록달록 예쁘기만 한 수세미에 지나지 않을 것이다.

앞서 말한 책의 저자는 상대를 이해할 수 없을 때는 '상상을 해보'라고 말한다. 짐작하지 않고 상상하는 것이다. 그가 처한 상황을, 그가 겪어온 역사를, 아무렇지 않은 표정 뒤에 가려진 마음을. 다정한 사람이 되기 위해 가장 필요한 것은 어쩌면 그런 상상력일지도 모른다. 현실적인 성격 탓에 줄곧 상상은 헛되고 실용적이지 않다고 느끼지만, 나는 내가 그런 방면으로는 무한한 상상력을 확장할 수 있는 사람이길 바란다.

제4장

좋아하면
퍼스널 컬러 아닌가요?

여전히 원색은 내 얼굴에 쥐약이다. 붉은 톤의 옷을 입는 날엔 얼굴이 더 붉어보이고 노란 톤의 옷을 입은 날엔 유달리 거무죽죽해 보인다. 그래도 내 퍼스널 컬러는 내가 정한다는 마음으로 살고 싶다.

# 사랑이라는 특이한 이어달리기

가끔 커뮤니티에 '내가 본 역대급 맞춤법'이 베스트 토픽으로 올라온다. 그럴 때면 저마다 목격한 황당한 맞춤법들이 댓글창에서 각축을 벌이는데, 소리내서 발음해 보면 그럴 듯해서 더러 웃음을 짓게 한다. 내가 만약 성실하게 댓글을 다는 사람이라면 베플을 노릴 수도 있었겠지만, 한 번도 댓글을 달진 않았다. 그런 식으로 한 사람을 추억하고 싶진 않다. (그러면서 지금은 이 글을 쓰고 있다.)

예전에 잠시 만났던 사람 중에 맞춤법을 독창적으로 틀리는 사람이 있었다. '되'와 '돼'를 혼동한다거나 '할게'를 '할께'로 적는 흔한 실수가 아니었다. 그를 알게 된 지 얼마 안돼 내가 받은 문자는 이런 것이었다.

## 잘 들어갔줘?

'뭘 달라는 거지?' 혼란스러웠다. 며칠 더 연락을 주고받다 보니 그는 '지요'의 줄임형인 '죠'를 매번 '줘'로 잘못 썼다. 친하지도 않은데 맞춤법 지적을 하기도 그렇고, 그에게 호감이 있던 터라 얼른 말을 놓기만을 기다리는 수밖에 없었다. 말을 잘 놓는 성격이 아님에도 불구하고, 필사적으로 말을 놓았다. 하지만 그것으로 끝이 아니었다. 그 후에도 한참 동안 의미를 생각해야 하는 말들이 퀘스트처럼 기다리고 있었다. 반말을 하고 나서 높임말의 오류에서는 벗어날 수 있었지만, 날마다 저녁은 찾아오기에 '저녁' 먹었는지를 묻는 인사에서는 벗어날 방법이 없었다. 바람이 시원하게 부는 날씨엔 그가 또 '쉬원'함을 느끼면 어쩌나 걱정했다.

며칠을 고민하다가 그깟 맞춤법 때문에 관계를 그르치고 싶진 않아서, 맞춤법을 정정해 주었다. 맞춤법 틀리는 게 죄를 짓는 것도 아니고 내 맞춤법도 완벽하지 않지만, 틀린 맞춤법을 고치는 직업을 갖고 있는 터라 계속 신경이 쓰일 것 같았다. 내딴엔 자존심이 상할까 싶어 조심스럽게 말을 꺼냈는데 그의 반응이 싸늘했다. 그는 "내가 못 배워서 그래."라며 노골적으로 싫은 티를 냈다. 결국 그와는 스쳐가는 인연으로 끝이 났다.

그 후 나의 이상형은 '맞춤법 잘 맞춰 쓰는 사람'이 됐다. 대면 소통보다 텍스트를 통한 소통이 훨씬 더 큰 지분을 차지하는 시대, 메시지 한 줄 한 줄 검열(?)하며 스트레스받고 싶지 않았다. 그래서 이상형과 결혼했냐고 묻는다면, 그렇기도 하고 아니기도 하다.

소개로 만난 남편은 소개팅 후 무언가 얘기를 하다가 이런 문자를 툭, 하고 보냈는데 그게 내 마음에 쿵! 하고 요동을 일으켰다.

**가족 행사가 있는데 제가 뒤치다꺼리를 해야 할 것 같아요.**

이럴 수가! '뒤치닥거리'도, '뒤치닥꺼리'도 아닌 '뒤치다꺼리'라니. 내가 본 사람 중 그 단어를 제대로 쓰는 사람은 손에 꼽을 정도로 드물었다. 그 후에도 그는 고난도 맞춤법 몇 개를 가뿐하게 구사하는 것으로 한껏 매력을 뽐냈다. 시간이 흐르며 허점을 드러내기도 했는데, 난이도 높은 맞춤법에 강한 데 비해 오히려 쉬운 맞춤법에서 오류를 보인다는 것이었다. 하지만 그게 뭐 어떻단 말인가, 그는 '뒤치다꺼리'를 아는 남자인데! '뒤치다꺼리'가 그 모든 것을 상쇄해 주었다. 물론 섬세함과 자상함 등 다른 장점도 많은 사람이었지만, '뒤치다꺼리'에서 콩깍지가 씌인 게 분명하다.

**연애란 이 사람한테 받은 걸 저 사람한테 주는 이어달리기와도 같은 것이어서 전에 사람에게 주지 못한 걸 이번 사람한테 주고 전에 사람한테 당한 걸 죄 없는 이번 사람한테 푸는 이상한 게임이다. 불공정하고 이치에 안 맞긴 하지만 이 특이한 이어달리기의 경향이 대체로 그렇다.**

— 이석원, 《보통의 존재》, 달

연애란 특이한 '이어달리기' 같은 것이라, 전전 연애에서 전 연애로, 전 연애에서 현재의 연애까지 바통을 전한다. 평소 그려온 이상형은 뒷전으로 밀려나고, 무의식 중에 이전 연애에서 받은 상처를 달래 줄 수 있는 상대나 아쉬움을 채워줄 수 있는 상대를 찾게 되는지도 모른다. 만약 내가 전 연인에게 느낀 아쉬움이 맞춤법이 아니라, 사치나 도박 같은 문제였다면 내 이상형은 맞춤법 따윈 아무래도 상관없고 무조건 경제관념 있는 사람이 되었을지도 모를 일이다. 그러니, 아무리 전전전전 연애라 할지라도 나를 스쳐간 연인들이 지금의 연애에 어느 정도 관여하고 있는 것이 아닐까? 지금 내 연인의 장점은 전 연인들에게 느낀 아쉬움의 총합은 아닐까?

매번 내 짧뚱한 몸에 아쉬움을 토로하던 전 남친이 새로 생긴 여자친구와 걷는 걸 봤다는 제보를 친구에게 전해 들었다.

친구는 덧붙였다.

　'그 여자 키 크고 엄청 늘씬하던데?'

# 확실한 사랑의 순간

　미혼과 기혼의 비율이 반반인 친구들과 '연인이 혹은 남편이 나를 진짜 사랑한다고 느끼는 순간은 언제인가?'에 대해 얘기한 적이 있다. 닭다리 두 개를 모두 양보할 때, 내가 남긴 밥을 아무렇지도 않게 먹을 때, 잠결에 이불 덮어줄 때 등 사소하지만 '그건 찐이지!'를 인정할 수밖에 없는 경험담들이 속출했다.

　'나도 저렇게 확실한 사랑을 느낀 적이 있었던가?' 곰곰이 생각해봤다. 사랑에 빠지면 서로의 감정이 단연코 사랑이라고 매순간 확신하는 사람들도 있지만 내게 그런 '확실한 사랑'을 느끼는 순간은 아주 드물게 찾아온다. 이를 테면, 이런 순간이다.

어느 겨울이었다. 집 근처에 오마카세 소요리집이 새로 생겼다. 주변 허름한 가게들에 대비되는 모던한 외관이 독보적인 존재감을 뽐내고 있었다. 안쪽을 슬쩍 들여다보았는데, 내부 분위기는 더 멋스러웠다. 넓지 않은 공간에는 바(bar) 좌석밖에 없어서 모두 나란히 앉아야 했는데, 옆사람과 아슬아슬하게 맞닿은 것 같은 간격과 낮은 조도가 은밀한 느낌을 자아냈다. 곧 #mood라는 해시태그와 함께 SNS에서 유명해질 것임을 예감할 수 있었다. 유명해지기 전에 꼭 남자친구와 가봐야지, 마음에 담아두었다. 하지만 기회는 쉽게 오지 않았다. 이미 입소문이 났는지 매번 예약에 실패했다. 호시탐탐 기회를 노리던 중 마침 8시에 취소된 자리가 났다는 인스타그램알림이 떴다. 저녁 8시라... 저녁 식사를 하기에는 애매하게 늦은 시간이었지만 일단 예약을 걸었다. 남자친구에게도 힘들게 예약한 곳이니 절대 늦지 말라고 당부해 두었다.

기분이 들뜰 때 나는 극성스러워진다. 12시쯤 점심을 먹고, 저녁 식사를 최대한 만족스럽게 하기 위해 그 후로 아무것도 먹지 않았다. 남자친구를 만나 대망의 저녁 8시가 되자마자 가게로 들어섰다. 식사에 곁들일 와인도 한 병 들고 갔다. 공복으로 인해 배가 너무 고파서 정신이 혼미한 상태였다. 여유롭게 음식을 즐겨야 하는 식당의 분위기에도, 와인에도 어울리지 않는 허기였다. 음식을 내는 족족 빈 그릇으로 비워내자, 식당 주인도 남자친구도 당황한 눈치였다. 와인 한 병도 홀짝홀짝 금세 비웠다. 나에게 와인 반 병은 굉장한 과음이지만 그날은 모든 것이 오버 페이스였다.

어쨌든 음식은 맛있었고 분위기도 예상했던 대로 마음에 들어 기분 좋게 식사를 마치고 일어서는데... 머리가 땅- 했다. 쓰러질 것 같았다. 한 발만 더 걸으면 쓰러진다고 머릿속 어딘가에서 경보음이 울리고 있었다. '취한 건가?' 생각하는데 머리가 핑그르르 돌며 몸이 기우뚱했다. 가까스로 균형을 잡았다. 그때 표고버섯이 생각났다.

가족들이 신신당부한 표고버섯 말이다. 다음 날 시골 엄마 집에 모여 가족끼리 가리비 삼합을 먹기로 했는데, 먼저 도착한 사람 중 누구도 표고버섯을 챙기지 않은 모양이었다. 표고 버섯은 가리비 삼합의 감초이거늘! 시골에서 마트에 가려면 차를 타고 한참을 나가야 해서, 아직 서울에 있는 내가 표고 버섯을 사가기로 했다.

'사야만 한다. 모두 삼합을 기대하고 있단 말이다.'

초인적인 힘으로 하모니마트로 향했다. 금방이라도 토할 것 같은 느낌이었지만, 남자친구 앞에선 아무렇지 않은 척 허리를 꼿꼿하게 세우고 걸었다. 와인 한 병에 취한 여자가 되고 싶진 않았다. 누가 봐도 갈지(之)자 걸음으로 표고버섯 매대 앞에 당도했다. 그 정신 없는 와중에도 가장 많이 들어 있으면서 가장 저렴한 표고버섯 한 팩을 찾았다. 그러다 문득...
영원처럼 아득한 저 멀리서 누군가 내 이름을 애타게 부르는
소리를 들었다.

"ㅎㅖ ㅇㅝㄴㅇ ㅏ~~~~"

그 소리는 점점 가까워졌고 점점 절박해졌다. 나는 눈을 떴
다. 아니, 내가 눈을 언제 감았단 말인가? 눈 앞에 이건 웬 표
고버섯들이란 말인가? 정신을 차리고 보니 내가 표고버섯 더
미 속에 얼굴을 파묻고 쓰러져 있었다. 정신을 잃은 것이다.
아득하게 들려오던 그 소리는 멀쩡히 밥만 잘 먹던 내가 병든
닭마냥 픽- 하고 쓰러지자, 기겁한 남자친구가 하모니마트가
떠나갈 듯 외쳐댄 내 이름이었다. 남자친구는 나를 붙잡고 내
몸이 부서져라 흔들어댔다. 그리고 나는 그 애처롭고 절박한
몸짓에서 '뜬금없이' 사랑을 느꼈다. 속은 울렁거리고 머릿속
은 하얘져 정신이 하나도 없는 와중에도, 알 수 있었다. 지금
내게 전해지는 이 감정은 사랑이구나. 하지만 그 확실한 사
랑을 충분히 실감할 새도 없이, 하모니마트에 있던 사람들이
웅성거리는 소리와 시선이 느껴져 얼른 그 자리를 피해야 했
다. 남자친구는 나를 둘러업고, 한 손엔 표고버섯을 들고 힙
스터들로 가득한 토요일 저녁 망원동 한복판을 질주했다. '질
주'라고 하기엔 좀처럼 속도가 나지 않아서 그 혼미한 정신에
도 나는 그의 귀에 대고 "부끄러우니까 좀 내려줘."라고 말했

다. 그도 순순히 나를 내려줬다.

결국 원인은 폭식과 음주로 인한 급체로 밝혀졌다. 소란스럽게 속을 게워냈더니 언제 그 난리를 피웠냐는듯 말짱해졌다. '어쩐지 급하게 먹는다 했다'며 혀를 차는 남자친구의 비아냥을 한 귀로 흘리며 나는 좀전에 느낀 그 오묘한 감정을 떠올렸다. 강렬하고 확실한 사랑의 감정을.

지금 그 남자친구는 남편이 되었는데 나는 우리가 싸우고 말을 안 하거나 익숙함이 지루함으로 느껴질 때, '진짜 우리가 사랑하는 사이가 맞을까?' 하는 의심이 들 때면 하모니마트의 기억을 복기한다. 그것은 확실한 사랑이었다. 애달프고 원초적이며 눈물나게 고마운, 사랑이었다.

**사랑은 사랑받는 사람을 사랑하게 만든다. 〈지옥〉 편에서 프란체스카는 사랑받는 사람이 사랑하게 되는 것은 누구도 피할 수 없는 일, 그것이 사랑이라고 했다.**

-안드레 애치먼, 《콜 미 바이 유어 네임》, 잔

# 좋아하면 퍼스널 컬러 아닌가요?

'퍼스널 컬러'는 얼굴에 맞는 색상이다. 퍼스널 컬러를 옷이나 화장품에 활용하면 얼굴에 생기가 돌게 하고 결점을 가리는 효과가 있다고 한다. 크게는 웜톤과 쿨톤으로 구분되고, 더 세부적으로는 앞에 계절 이름을 붙여 구분된다. '봄 웜톤', '겨울 쿨톤' 하는 식으로. 퍼스널 컬러 유형은 총 12개로 나눌 수 있는데, 그러니까 이건, MBTI의 색깔 버전 같은 거다.

얼굴에 홍조가 심한 나는 비공식적으론 '술톤'을 퍼스널 컬러로 삼고 살았다. 그러다가 스타일 좋은 친구가 옷이며 화장품이며 퍼스널 컬러에 맞춰 구매하는 걸 보고 관심이 생겼다. 내가 미용에 재능이 없는 이유가 혹시 퍼스널 컬러를 제대로 몰라서

가 아닐까? 하는 합리적인 의심이 들 무렵, 마침 친구들이 퍼스널 컬러 전문가에게 진단을 받는다고 해서 따라가기로 했다.

전문가는 정확한 진단을 위해 화장을 하지 않고 오길 권했다. 대낮에 민낯으로 대면한 친구들은 어쩐지... 어색했다.

퍼스널 컬러 전문가의 테이블엔 명도와 채도에 따라 분류된 갖가지 색상 천이 종횡으로 빈틈없이 정렬되어 있었다. 세상에 이렇게 많은 색상이 있다니, 팬톤 컬러북을 처음 봤을 때만큼이나 놀라웠다. 전문가는 이제부터 이 모든 색상 천을 하나하나 얼굴에 받쳐보며 베스트 색상과 워스트 색상을 추릴 거라고 했다. 같은 듯 미묘하게 다른 색상 천들을 얼굴에 받쳐보는 작업이 시작됐다. 천을 바꿀 때마다 전문가의 얼굴엔 어렴풋하게 희열과 아쉬움이 교차했다. 그의 시선은 중간중간 몇개의 색상에 길게 머물렀고, 그 천들이 대부분 간택되었다.

내 차례였다. 먼저 한 친구들에 비해 내 낯빛이 고난도였는지 아니면 전문가가 조금 지쳤기 때문인지 반응이 명쾌하지 않았다. 발견의 '아!'보다는 탄식의 '아...'가 더 많았다. 그의 시선은 빠르게 다음 천으로 이동했다. 앉은 자리가 편치 않았다. 가시방석에서의 한 시간이 지나고, 전문가는 비장하게 선언했다.

"당신은... 여름뮤트입니다."

쿨톤도 아닌 웜톤도 아닌 그 중간 어디쯤인 '뮤트' 톤이라니. '여름뮤트'에게 어울리는 색은 라벤더, 하늘색 같은 파스텔 톤이라고 했다. 반면 빨강이나 노랑 같은 원색은 내 얼굴 색을 죽이는 주범으로 밝혀졌다. '봄웜', '겨울쿨'처럼 똑떨어 지는 진단을 받은 친구들과 달리 애매한 결과지를 받아 들었 지만, 그래도 속이 후련했다. 따라야 할 교본이 생겼으니 이 제 교본이 일러주는 대로 따르면 될 터였다. 전문가는 내게 어울리는 색과 화장품 모델명까지 친절하게 적어주었다.

그로부터 한동안은 모든 소비가 '여름뮤트'를 중심으로 돌 아갔다. 파스텔톤은 취하고 원색은 버렸다. 옷장과 화장대가 비슷비슷한 색으로 채워졌다. 자기주장 강한 빨갛고 노랗고 초록초록한 옷은 여름뮤트에게 감히 허락되지 않았으므로 가 차없이 선택지에서 지워졌다. 파스텔 톤의 옷들은 정말 얼굴 을 화사하게 만들어줬다. 그런 옷을 입은 날은 얼굴 좋아 보 인다는 말을 듣기도 했다. 동시에 스티브 잡스가 된 것 같기 도 했다. 옷장 앞에서 고민하는 시간을 아끼기 위해 매일 검 은 옷만 돌려 입으며 인류의 삶을 진보시킨 그 위인 말이다. 하지만 나에겐 만들어야 할 아이폰도 없고, 인류는 내 공헌 따윈 상관 없이 이미 눈부시게 발전하고 있었다. 나에겐 옷장 앞에서 시간을 아껴야 할 이유가 없었다. '여름뮤트'라는 사 실 외에는... 파스텔톤의 옷만 입다 보니 파스텔톤처럼 심심 한 사람이 되어가는 것 같았다.

그즈음 내가 즐겨보던 프로그램은 여자 댄서들이 춤을 겨루는 〈스트릿 우먼 파이터〉였다. 춤을 추는 모습도 멋있었지만 '내가 제일 잘 나가'를 온몸으로 뿜어내는 아우라, 45도 정도 들린 턱끝에서 풍기는 당당함이 좋았다. 댄서들의 패션과 화장도 연일 화제가 됐다. 당차고, 거칠고, 과감했다. 매일 파스텔톤만 입던 나는 형형색색 옷들을 입고 삐딱하게 앉아 있는 댄서들을 보고 있노라면 절로 두 손이 모아졌다.

'나보다 어린 언니들 최고!!'

댄서들이 라이브 방송에서 무심코 던진 한마디, SNS에 쓴 댓글 한 줄까지 짤로 만들어져 회자됐다. 그 짤들을 보며 언니들의 인간미 넘치는 매력을 발견하는 건 하루의 낙이었다.

어느 날 인스타그램에서 팬이 한 댄서에게 '퍼스널 컬러'가 뭐냐고 질문했다. '겨쿨(겨울쿨톤)일까? 아니면 가을웜?' 나름대로 추리를 하고 있었는데 그녀는 전혀 생각지도 못한 대답을 했다.

"따로 알아본 적은 없지만 노란색이나 주황색 아닐까 싶어요!"

뒤엔 짧지만 강렬한 이유가 붙었다.

"제일 맘에 쏙 들거든요."

팬들은 '퍼스널 컬러'가 뭔지 모르는 그녀가 귀여워 까무러 쳤다. (유행에 무심한 트렌드 세터의 매력이란!) 나는 그것과는 다른 의미로 까무러쳤는데, 그 '아무 대답'이 너무 좋아서였다. 한 시간이나 퍼스널 컬러 진단을 받은 나로선 조금 억울하지만, 퍼스널 컬러가 좋아하는 색깔이면 안 될 게 뭐란말인가. 말 그대로 퍼스널 컬러인데. 사진 속 '제일 맘에 쏙든' 주황색으로 염색한 머리는 그녀에게 정말 잘 어울렸다.

자꾸만 몇 개의 틀에 나를 욱여넣으려고 하는 내 모습을 발견한다. 8개로 혹은 16개로 카테고리를 나누고 그중 어디에속할지를 결정하는 건 간편한 선택이다. 누가 그걸 정해주면더 좋다. 물론 자신에게 뭐가 어울리고, 자신이 뭘 좋아하는지를 아는 사람들은 이런 틀을 활용해 취향을 더 뾰족하게 다듬고 다채롭게 확장한다. 하지만 아직은 취향이 주관식이 아니라 객관식 선다형인 나 같은 사람들에겐 그 틀은 도리어 스스로를 가두는 벽이 되어 버린다.

**물론 완벽하지 않을 수 있다. 나중에 후회할 수도 있다. 내마음이 영원히 변하지 않는 게 아니니까. 하지만 불확실한 것이 많을수록 가장 확실하게 기댈 수 있는 것은 '나'뿐이다. 나의 마음이 향한 것들로 완성한 나만의 취향 지도 안에서 나는**

**쉽게 행복에 도착한다.**

- 김민철, 《하루의 취향》, 북라이프

저자는 취향만으로 책 한 권을 쓸 정도로 뾰족한 취향을 가진 사람이다. 이것도 좋고 저것도 좋은 식의 나는 늘 이런 사람들을 선망했다. 좋아하는 것이 명확한 사람, 지금 최고 유행하는 것을 갖다 줘도 '그건 내 취향이 아니야.' 하며 고개 저을 것 같은 사람. 그런 사람에게도 취향이란 건, 가지고 태어나는 것도, 몇 개의 답안지에서 선택하는 것도 아니다. 지도를 그리듯 꾸준히 그려나가는 것이다.

30년을 넘게 살아 놓고 아직도 내 취향을 제대로 모른다는 건 조금 부끄러운 일이다. 하지만 130세 만기 보험이 나오는 시대를 살며 나에 대한 탐구를 멈추기에는 이르다. 그걸 멈춘다는 건 행복에 가닿기를 멈추는 일인지도 모른다.

여전히 원색은 내 얼굴에 쥐약이다. 붉은 톤의 옷을 입는 날엔 얼굴이 더 붉어보이고 노란 톤의 옷을 입은 날엔 유달리 거무죽죽해 보인다. 그래도 내 퍼스널 컬러는 내가 정한다는 마음으로 살고 싶다. 아직은 아주 작은 동네 지도에 불과하지만 작으면 어때, 계속해서 '나만의 취향 지도'를 그려 나가고 싶다.

# 예민한 사람으로 살아남기

대체로 예민한 편이지만, 청각이 유별나게 예민하다. 같은 소리를 듣고도 유독 역치가 낮은 편이다. 내가 가장 취약한 소음은 조용한 공간에서 주기적으로 반복되는 소음이다. 그건 은근하게 사람을 미쳐버리게 만든다.

회사에 다닐 땐 '엔터 빌런'이 있었다. 그 사람은 유독 엔터 키를 악에 받친 듯 내리쳤다. 총 소리 같은 엔터키의 탕! 탕! 탕! 소리가 달팽이관으로 발사될 때면, 신경이 쭈뼛 곤두섰다. 그 사람은 마치 엔터키를 치며 일하는 자아를 확인하는 것 같았다. 상사라서 직접 말하긴 조심스럽고 익명의 쪽지라도 써야 하나 고민했지만 그것도 주저했다. '숨소리 작게 해주세요.' '3색 볼펜 사용하지 말아주세요.' 같은 유명한 독서

실 쪽지 짤과 그 밑에 줄줄이 달린 비난의 댓글이 떠올랐기 때문이다. '저렇게 예민하면 독서실 오지 말아야지.' '밖에 나오지 마라, 그냥.' (물론 나는 쪽지 쓴 사람들의 마음을 백 번 이해한다.) 무엇보다 다른 사람들은 아무 문제 없이 일하고 있었다. 키보드 소리에 촉각을, 아니 청각을 곤두세우고 있는 사람은 나밖에 없는 것 같았다. 내가 할 수 있는 일이라곤 그저 그 사람의 문서에 행갈이가 많지 않길 기도하는 것뿐이었다.

그나마 일터엔 '퇴근'이라는 최후의 보루가 있다. 아무리 소음이 나를 괴롭혀도 몇 시간만 참으면 편안한 내 집으로 돌아갈 수 있다. 그 집이 편안하지 않다면 심각한 문제지만.

밤낮이 바뀐 아랫집 남자는 모두가 잠들 무렵, 본격적인 활동을 시작했다. 낄낄대며 웃기도 했고, 누군가와 대화를 했고, 환호와 탄식을 반복했다. 그 소리는 새벽 세네시까지 이어질 때도 있었다. 한숨도 잠을 이루지 못한 날엔 그날 하루를 망친 컨디션으로 보내야 했다.

신기한 건 같은 소리를 들으면서도 남편은 잠만 잘 잔다는 것이었다.

"거 참, 되게 시끄럽네." 불평하면서도 금세 코를 골며 잠든다. (심지어 아랫집 소음에 화음을 얹는다.) 그러니 이건 정말 내 '예민함'이 문제인 건지도 몰랐다.

어느 날 새벽엔 참다못해 혼자 아랫집에 내려가서 상황을 살펴봤다. 소음의 근원은, 아랫집 남자가 게임을 하며 내는 소리였다. 헤드셋을 끼고 웃고 떠드는 소리가 창문을 타고 복도까지 넘어왔다. 당장이라도 찾아가서 따지고 싶었지만 한창 층간소음으로 인한 칼부림 사건들이 뉴스에 나올 때였다. 관리실에 찾아가 민원을 넣고, 신원은 비밀로 해주십사 거듭 부탁했다. 하지만 아랫집 남자는 점점 더 늦은 새벽까지 데시벨을 높이고 있었다.

층간 소음계에는 '귀가 트인다'라는 말이 있다. 한 번 소음에 '귀가 트이면' 작은 소리도 선명하게 들리는 현상이다. 귀가 트여버린 나는 새벽마다 그의 모든 소리를 수집하다가 결국엔 이성을 잃고 말았다. 모두가 말린 마지막 방법을 택했다. 직.접.대.면.

혹시 모르니 인상이 험악한 남편을 앞세워 아랫집 벨을 눌렀다. 아랫집 남자는 이 순간을 기다렸다는 듯 스프링마냥 튀어나와 그동안 계속되는 민원에 지쳤다며 화를 냈다. (관리실에서 '윗집에서 민원을 넣었다'고 말한 모양이었다.) 고성이 오갔고 그 누구도 행복하지 않은 채 상황은 종료됐다. 혹시 층간 소음 해결책을 찾는 사람이 있다면, 대면 만남은 절대로, 절대로 비추천이다.

층간 소음 문제로 인한 해결책을 검색하다가 누군가가 무심하게 달아 놓은 댓글이 눈에 들어왔다.

**해결하려고 해도 소용 없어요. 그냥 포기하고 이어플러그 쓰세요.**

건조한 한 줄의 댓글에는 층간 소음깨나 겪어본 자의 체념과 해탈의 연륜이 묻어 있었다. 그는 친절하게 이어플러그 모델명까지 덧붙여 놓았다. 속는 셈치고 그가 써 놓은 이어플러그를 주문했다. 그 이어플러그는... 신세계였다.

이제 나는 아랫집 사람이 게임 몰입도 최상을 향해 달릴 때, 누군가의 키보드 소리가 거슬릴 때 조용히 이어플러그를 꺼낸다. 말랑말랑한 이어플러그를 쪼물딱쪼물딱 주물러 양쪽 귀에 하나씩 꽂으면 이어플러그가 서서히 부풀어오르며 소음의 세계를 차단하는 한 꺼풀의 벽이 생긴다. 비록 소리를 완벽히 차단하진 못하고 귀에 느껴지는 이물감도 유쾌하진 않지만, 소음으로 겪는 불쾌함에 비하면 참을 만하다.

**예민성은 자신의 에너지와 밀접하게 관련되어 있습니다. 예민한 사람들은 필요 이상으로 자신의 에너지를 소모하게**

되어 있습니다. 또 일상생활의 변화나 스트레스에도 다른 사람보다 에너지 소모가 더 큽니다. 자신의 예민성을 관리하기 위해서는 생활 스트레스를 감소시키고 에너지를 적절히 잘 유지하는 것이 중요합니다.

- 전홍진, 《매우 예민한 사람들을 위한 책》, 글항아리

《매우 예민한 사람들을 위한 책》에선 '매우' 예민한 사람들은 다른 사람들이 쓰지 않는 곳에 에너지를 쓴다고 말한다. 맞는 말이다. 소음에 대한 스트레스로 쓰는 에너지는 그것만으로 끝나지 않았다. 그 사람을 미워하고, '대체 왜 저럴까?' 이해하려 애쓰다가, 결국은 찾아가서 네 잘못 내 잘못을 따지는 데도 에너지가 어마어마하게 소모됐다. 내가 생각할 수 있는 유일한 해결법이란, 원인을 싹둑 잘라버리는 것이었기 때문이다. '피해 보는 쪽은 나인데 내가 왜 불편을 감수해야 돼?'라는 마음으로 조금도 손해 보지 않으려 했다. 그런데 살다 보니, 시비를 가리고 진상을 규명하는 것보다 나를 스트레스 받는 환경에서 구제하는 것이 더 우선일 때도 있다. 그건 비겁한 것도, 비효율적인 것도 아니다. 그렇게 해서 사소한데 쓰이는 마음의 에너지를 아껴야 한다.

부정적인 에너지를 아껴 좋은 에너지로 쓸 수 있다면 얼마

나 좋을까. 그러기 위해선 상대를 고쳐서 갈등을 해결하려는 생각일랑 일찌감치 접어두고, 내 선에서 해결할 방법을 찾는 게 훨씬 현명할지도 모른다. 그게 예민한 사람들이 이 소란스러운 세계에서 살아남는 방법일지도. '도망치는 건 부끄럽지만 도움이 된다'는 유명한 드라마 제목처럼 말이다.

귀여운 것들이 세상을 구한다더니. 작고 귀여운 이어플러그는 오늘도 예민한 나의 세상을 구한다.

# 밤마다 향수를 뿌리는 사람들

**방금 지나가던 사람이 저 붙잡고 무슨 향수 쓰냐고 물어봤
어요.**

자주 가는 인터넷 카페에 글이 하나 올라왔다. 순식간에 무
슨 향수인지 묻는 댓글이 우르르 쏟아졌고, 모두가 미어캣처
럼 글쓴이의 답변을 기다렸다. 나도 그중 한 명이었다. 간간
이 '지능적인 광고 같다'라는 댓글이 보여서 '낚인 건가' 싶었
지만, 그래도 궁금했다. 대체 어떤 매력적인 향이길래 지나가
는 사람을 붙잡을 정도란 말이냐!

얼마간 시간의 공백을 두며 애간장을 태우던 글쓴이가 마
침내 향수 이름을 공개했다. 금세 향수를 구매했다는 사람들
이 속속 나타났다. (쓰다 보니 '지능적인 광고'가 맞는 것 같

기도....) 혼돈의 현장에서 나도 심각하게 구매를 고민했다. 물론 태어나서 단 한 번도 맡아본 적 없는 향수였다.

얼마 후, TV 프로그램에서 한 운동선수의 인터뷰가 나왔다. 그는 자기 전에 꼭 향수를 뿌린다고 말했다. 이불을 덮으며 좋은 향을 맡으면 행복해진다고. 그러고 보니 자기 전에 침구에 향수를 뿌린다는 사람들의 이야기를 종종 들은 적이 있다. 그때마다 나는 '잘 때는 냄새 맡아줄(?) 사람도 없는데 비싼 향수를 그렇게 낭비한다고?!' 하고 생각했다. 머리만 대면 잠드는 나로선 더욱 납득하기 힘들었다. 그런데 이번엔 다시금 생각해보게 되는 것이다. 그게 정말 낭비일까? 남이 좋다는 향수는 시향 한 번 안 해보고 덥석 사려고 한 주제에!

언젠가 채널을 돌리다가 한 여성의 일상을 담은 관찰 프로그램을 보게 됐다. 뽀얀 필터를 하나 끼운 듯한 '킨포크' 감성의 일상이었다. 흔한 브이로그 같다는 생각을 하며 별 감흥 없이 보던 중, 유독 눈에 담기는 장면이 있었다. 밥을 먹을 때마다 빼놓지 않고 등장하는 귀여운 식탁보였다. 그녀는 상을 차릴 때면 꼭 식탁보를 펼쳤다. 식탁보를 펼치고 밥을 먹으면 '나를 위해서 먹는구나'라는 느낌이 든다고 했다. 몇 가지 되지 않는 반찬이지만 접시에 정갈하게 담아 식탁보를 펼쳐 놓고 식사하는 모습은, 자취할 때의 내 모습을 떠올리게 했다. 당시의 난 언제나 사극 속 대역죄인 같은 머리를 하고, 전자렌지에 대~충 데운 햇반을 플라스틱 용기째로 놓고 먹었다. 그야말로 대~충 '끼니를 때운다'는 느낌으로 밥을 먹었다. 당시 내 일상을 관찰 카메라로 보여준다면...? 끔찍하다.

나는 그런 말들을 자연스럽게 했다. "잘 보일 사람도 없는데 뭘 꾸미고 가." "혼자 먹는데 대충 먹으면 되지." "나갈 일도 없는데 왜 씻어." 지금도 자주 하는 말들이다. 그러니까, 나는 타인과 함께 있을 때, 누군가 나를 보고 있을 때만 나에게 잘 대해주는 사람이었다. 내가 가장 하찮게 여기는 시간은 나랑만 있는 시간일지도 모른다.

**남에게는 절대 보여 주고 싶지 않은 가장 한심하고 초라한 모습을 스스로에게 매일 보여 주고 산다면 그것이 진정 내가 나를 존중하고 사랑하는 거라고 할 수 있을까? 유행처럼 불고 있는 자존감을 높이란 말이 정확히 무엇인지는 잘 모르겠지만, 어떤 상황에서도 자신에게 험한 행동을 하거나 함부로 대하지 않는 것이 자존감을 높이는 일에 도움이 될 것 같다.**
- 신미경, 《뿌리가 튼튼한 사람이 되고 싶어》, 뜻밖

《뿌리가 튼튼한 사람이 되고 싶어》의 저자는 제철 재료를

공수해 정성스러운 1인분의 음식을 만들고, 아침에 눈을 뜨면 요가 매트를 펼치는 일상의 루틴에 대해 말한다. 누군가와 함께 할 때만큼이나 에너지가 필요한 이 일들은 오롯이 자신을 보살피고 돌보기 위한 것이다. 처음 이 책을 읽을 때만 해도 좀처럼 공감을 할 수 없었다. '이것이 자취 세계에서 일어날 수 있는 일이란 말인가!?' 빈틈없고 살뜰한 저자는 최소 유니콘, 책의 장르는 판타지나 다름없었다. 이제야 나는 고개를 끄덕거린다. 세상엔 침구에 뿌리는 향수를 뿌리는 사람들이, 의식처럼 식탁보를 펼치는 사람들이, 자기만의 방식으로 행복을 찾는 사람들이 정말로 있다.

요즘은 나도 나 자신에게 관심을 갖고 있다. 나이를 먹으며 바깥에 쏟던 에너지를 안으로 돌릴 수 있는 여유가 생겨서일 수도, 어릴 때처럼 향수에 쓰는 돈 정도는 아끼지 않아도 되기 때문일 수도 있다. 하지만 그보다 큰 이유는, 더 이상 나를 홀대하고 싶지 않기 때문이다. 어쩌면 이 심경의 변화는 오랜 기간 홀대당한 내가 나에게 보내는 신호가 아닐까? '이제 좀 잘해줄 때도 되지 않았니?' 라고.

혼자 있을 때도 나에게 잘해주는 사람이 되고 싶다. 종일 집에 있어도 하루 한 번은 씻고, 좋아하는 잠옷을 입고, 무해한 음식을 먹고, 부지런히 몸을 움직이는 사람. 그건 자신의 취향을 잘 알고 있다는 뜻이기도 하다. 누구의 눈도 의식하지 않을 때 비로소 드러나는 진짜 취향 말이다.

그러니 나를 사랑하기 위해 할 일은 생각보다 거창한 게 아닐 것이다. 나를 행복하게 할 진짜 내 취향을 찾는 것, 타인을 만날 때만큼의 에너지를 나에게도 투자하는 것, 나에게 조금 더 다정해지는 것. 그뿐일지도.

오늘은 자기 전에 향수를 뿌려봐야겠다.

# 인생 리셋 놀이

어릴 때 나는 여느 아이들이 그렇듯, 수많은 놀이를 창조해서 놀았다. 그중엔 '놀이'라고 칭하기엔 꽤 진지하고 비장한 것들도 있었는데, 숨을 참고 계단을 다 오르면 좋은 일이 생기지만 못 오르면 우리 가족은 망한다(!)는 식이었다. 가족의 운명을 걸기엔 구성이 영 엉성한 놀이들이었다.

진지하고 비장한 놀이들 중엔 '인생 리셋 놀이'도 있었다. 이놀이를 하는 방법은 간단하다. 혼자서 이렇게 선언하는 거다.

'어제까지의 나는 내가 아니야. 오늘부터 나는 새로운 나야!'

그렇게 '시작!'을 외치면 왠지 새로운 인생을 시작할 수 있을 것 같았다. 살아온 날이 그렇게 긴 것도 아닌 어린이가 그간의 인생이 어지간히도 마음에 안 들었나 보다. 인생 리셋을 선언한 후에도 인생이 크게 달라지지는 않았다. 당연했다. 심각하게 선언한다고 해서 내가 바뀌는 건 아니었으니까. 어제와 다르게 행동하려고 애썼지만 어제를 의식한다는 건 내 인생이 리셋된 게 아니라는 것, 그리하여 난 여전히 작고 소심한 쑥맥일 뿐이라는 것의 방증일 뿐이었다. 그래도 지치지 않았다. 인생이 구려보일 때마다 나는 인생 리셋 놀이를 했다. 인생 리셋 놀이마저 리셋했다.

머리가 조금 크고 나서는 인생 리셋 놀이를 그만두었다. 이 놀이가 전혀 효과 없다는 걸 알게 됐을 뿐 아니라 리셋을 하기엔 이미 만든 (흑)역사가 너무 많다는 것 또한 알고 있었기 때문이다.

**"그래도 인생은 한 번뿐이잖아요. 화끈하게 살아야죠."**
**"인생은 한 번뿐이라고? 잘 들어, 정 대리. 죽는 순간이 단 한 번뿐이지 우리 인생은 매일매일이야."**

– 송희구, 《서울 자가에 대기업 다니는 김 부장 이야기 2》, 서삼독

요즘 직장인들의 현실 고증이자 하이퍼 리얼리즘이라는 이 소설을 정말 재미있게 읽었다. 앉은 자리에서 숨구멍만 열어놓고 본 기억이다. 그중 가장 와닿은 대사를 뽑으라면, '인생은 한 번뿐!'을 외치는 욜로족 정 대리에게 현실적인 송 과장이 일침을 놓는 구절이다. 우리의 인생은 매일매일이라고.

내가 인생 리셋 놀이를 그만두게 된 건, 인생이 매일매일 계속되는 것이라는 것을 깨달은 순간부터였는지도 모른다. 인생은 평생 간직하고 싶은 행복과 기쁨, 환희 잊고 싶은 실수와 흑역사, 절망 같은 것들이 합쳐져 만들어지는 것이라는 것을 어느 순간 알게 되었다. 좋은 날들과 좋지 않은 날들의 총합이 인생의 방향을 결정하는 것이라는 사실도. 그러니 인생 리셋이란 과거를 지우는 방식이 아니라, 더 나은 오늘을 차곡차곡 쌓아 나가는 방식으로 가능한 일일 것이다. 아주 조금씩 배의 방향을 바꾸는 조타수처럼 어제보다 더 나은 하루를 살다 보면 결국은 완전히 다른 종착지에 닿아 있겠지.

그래도 가끔은 '여태까지는 없던 걸로 치고! 인생 까짓 거 다시 시작하면 되지 뭐!' 하고 생각했던 어린 시절의 패기가 그립다.

# 책을 읽는 삶

어릴 때 엄마는 책을 많이 읽어야 훌륭한 사람이 된다는 말을 밥 먹듯이 했다. 지난 몇 년간 홍보한 책을 헤아려봤더니 500권이 넘는다. 물론 완독하지 못한 책과 생계를 위해 건조하게 읽은 책도 많다. 동기야 어떻든 어마어마한 양의 책을 읽었다. 그 많은 책을 읽어서 엄마 말대로 나는 훌륭한 사람이 되었을까?

**책을 읽는다고 유능하거나 훌륭한 사람이 되지는 못한다. 모두 자기만큼의 사람이 될 뿐이다.**

- 이현주, 《읽는 삶, 만드는 삶》, 유유

슬프지만 이 말이 정답이다. 그 많은 책을 읽고도 나는 딱 나만큼의 사람이 됐다. 이게 내가 될 수 있는 최선의 나일지도 모른다. 책은 분명 더 넓은 세계를 담고 있겠지만 내가 볼 수 있는 시야, 감응할 수 있는 공감의 폭은 딱 나만큼이기 때문이다. 가끔 나와 똑같은 책을 읽고 다른 문장을 갈무리해 놓은 리뷰를 읽을 때면 '그 책에 저런 문장이 있었다고?' 하고 놀란다. 그리고 깨닫는다. 같은 책을 읽었지만 그는 그만큼의 사람이, 나는 나만큼의 사람이 되어가는 중이라는 걸.

여하튼 그런 이유로 인터넷에 차고넘치는 '책 한 권으로 인생이 180도 바뀌었다'는 고백엔 쉽게 동조할 수 없다. '나는 이렇게 많은 책을 읽어도 인생이 거기서 거기던데' 라는 억울함 때문일지도 모른다. 오직 책 한 권으로 인생이 바뀌었다면 그는 원래 그만큼의 사람이 아니었을까? 아니면 정말 운이 좋은 사람일지도.

앞에서 인용한 글은 이렇게 끝을 맺는다.

**그래도 하나 확실한 건, 읽는 삶이, 적어도 나에게는 꽤 만족스러웠다는 사실이다.**

- 이현주, 《읽는 삶, 만드는 삶》, 유유

나를 똑똑한 사람이나 훌륭한 사람으로 만들어주진 못했지만 그럼에도 나는 책을 읽는, 아니 '읽어야만' 하는 직업을 가진 것에 꽤 만족한다. 내 취향의 책이든 아니든, 먹고 살려면 일단은 읽어야 하기 때문에 독서 편식을 할 수가 없다. 일 밖의 나라면 손도 대지 않았을 자기계발, 과학, 수학, 예술, 그림책까지 고루고루 읽어야 한다. 가끔은 글자에 질식할 것 같을 때도 있지만 이 특별한 직업이 아니었더라면 나는 세상에 이렇게 많은 생각과 인생, 시선이 있다는 것을 평생 모르고 살았을 것이다. 읽는 내가 읽지 않는 나보다는 조금이라도 더 나은 사람이리라는 확신은 여기서 비롯되었다.

　어쨌든 나는 내가 하는 모든 행동 중 책을 읽는 것이 가장 마음에 든다. 더욱 더 내 마음에 드는 사람이 되기 위해, 계속 읽는 사람이 되어야지. 그러다 보면 '책이 내 인생을 바꿔줬어요.'라고 할 만큼은 아니어도, 조금이나마 더 좋은 어른의 모습에 가닿아 있지 않을까?

대학을 졸업하고 방송작가가 됐다. 자료 조사와 출연자 섭외, 온갖 허드렛일을 담당하며 막내작가의 악명 높은 노동량을 온몸으로 실감하던 시절, 유일한 보상은 방송 끝에 올라가는 엔딩 크레딧에 내 이름이 나오는 것이었다. 엄마도 뿌듯해하지 않을까 하는 생각으로 엄마와 방송을 보다가 크레딧이 올라갈 때 "엄마, 저기 내 이름 나와!" 하고 알려주었다. 그러자 엄마가 물었다.

"너는 언제 방송에 나오는데?"

엄마는 내가 아나운서가 되었으면 했다. 방송국에서 일한다고 하니 이왕이면 얼굴이 나오는 아나운서였으면 하는 마음이었을 것이다. "아니, 나는 대본 쓰는 방송작가야~" 하고 몇 번을 말해도 엄마는 지치지 않았다. 마치 방송작가가 아나운서가 되기 전에 밟는 과정 중 하나인 것처럼, 방송작가인 사람에게 당연히 물어야 할 질문처럼 계속 물었다.

"그래서, 너는 방송 언제 나오는데?"

방송작가를 그만 둔 후에는 출판사 편집자가 됐다. 첫 책이 출간된 후 판권 페이지의 책임 편집란에 들어간 내 이름을 보여주며, "엄마, 이거 내가 만든 책이야!"라고 말하자 엄마는 또 물었다.

"그래서, 너 책은 언제 나오는데?"

"아니~ 나는 작가가 아니고 편집자야."라고 몇 번을 말해도 소용없었다. 엄마는 매번 쓰고 있지도 않은 내 책이 언제 나오는지 출간을 재촉했다. 언제는 아나운서가 되라더니!

엄마는 늘 나와는 다른 꿈을 키웠다. 내가 하는 일이 성에 차지 않은 건지, 엄마에게 익숙하지 않은 일이라 그런 건지는 모르겠다. 사실은 별 생각이 없었을지도 모른다. 엄마가 정한 꿈에는 기준이 없었으니까. 그 직종에서 가장 잘 알려진, 이왕이면 이름을 걸거나 얼굴을 보이는 직업이면 뭐라도 좋은 것 같았다. 이유가 뭐든 간에 〈사랑의 블랙홀〉같은 도돌이표에 지친 나는 엄마에게 내 직업에 대해 이해시키는 것을 포기했다. '우리 엄마는 정말 특이하다'고 다시 한 번 느끼며.

얼마 전 인터넷에서 '엄마에게 웃긴 거 보여줄 때 현실 반응'이라는 이름의 짤을 봤다. 사진 속 여자는 약간 우스꽝스러운 표정으로 미간을 찌푸리며 휴대폰에 집중하고 있다. 마치 그 모습이, 엄마에게 웃긴 사진이나 영상을 보여주면 엄마가 "이게 너야?", "너는 어딨어?" 하고 묻는 모습 같다는 설명이 붙어 있었다. 댓글 반응은 폭발적이었다. 무슨 사진을 보여줘도 엄마가 나부터 찾는다는 사람들이 속출했다. 사람들은 '사람 사는 거 다 똑같다'고 입을 모아 말했다.

그러고 보면 우리 엄마도 마찬가지였다. 재밌는 사진을 보여주면, 그 짤 속의 여자처럼 미간을 잔뜩 찌푸리고는 "이게 너야? 너는 어딨어?" 하고 물었다. 내가 "아니, 내가 아니고 그냥 웃긴 거야~"라고 하면 시답지 않다는 듯 금세 흥미를 잃었다.

그 코믹짤은 내가 아나운서가 되길 바라던, 유명한 작가가 되길 바라던 엄마의 모습을 떠올리게 했다. 어디서든 내가 주연이 되었으면 하는 마음과 내가 없는 사진에서 나를 찾는 마음. 그 두 마음은 서로 닿아 있겠지. 평생 엄마를 특이하다, 별나다 생각해왔는데, 엄마는 내 생각만큼 특이한 사람이 아닐지도 모르겠다. 투박한 표현 너머에는 여느 엄마 같은 평범하고도 다정한 마음이 있었을지도.

문득 이 책을 보면 엄마가 뭐라고 말할지 궁금해진다.

# 오늘도 밑줄을 긋습니다

**초판 3쇄 발행** 2022년 6월  2일

**초판 1쇄 인쇄** 2022년 4월  18일

**지은이**    신혜원
**펴낸이**    김동혁
**펴낸곳**    강한별 출판사

**기획**      서가인
**책임편집**  김지혜
**일러스트**  배슬기
**디자인**    방하림 서승연

출판등록 2019년 8월 19일 제406-2019-000089호
주소  경기도 파주시 탄현면 헤이리마을길 21-7 3층
대표전화  010 -7566 -1768 팩스  031- 8048 - 4817
이메일  wjddud0987@naver.com

ISBN 979-11-92237-03-9 (03810)
· 책 값은 뒤표지에 있습니다.
· 파본 도서는 구입하신 서점에서 교환해 드립니다.